# Marguerite DURAS

## Der Liebhaber

*Aus dem Französischen
von Ilma Rakusa*

Verlag
Volk und Welt
Berlin

ISBN 3-353-00040-2

1. Auflage
Lizenzausgabe des Verlages Volk und Welt, Berlin 1986
für die Deutsche Demokratische Republik
mit Genehmigung des Suhrkamp Verlages
Frankfurt am Main
L. N. 302, 410/99/86
© der deutschsprachigen Ausgabe Suhrkamp Verlag
Frankfurt am Main 1985
Originalausgabe: *L'Amant;*
© 1984 by Les Éditions de Minuit, Paris
Printed in the German Democratic Republic
Einbandentwurf: Gabriele Bleifuß
Lichtsatz: INTERDRUCK Graphischer Großbetrieb
Leipzig – III/18/97
Druck und Einband:
LVZ-Druckerei »Hermann Duncker«
Leipzig – III/18/138
LSV 7351
Bestell-Nr. 648 628 8

00620

*Für Bruno Nuytten*

Eines Tages, ich war schon alt, kam in der Halle eines öffentlichen Gebäudes ein Mann auf mich zu. Er stellte sich vor und sagte: »Ich kenne Sie seit jeher. Alle sagen, Sie seien schön gewesen, als Sie jung waren, ich bin gekommen, Ihnen zu sagen, daß ich Sie heute schöner finde als in Ihrer Jugend, ich mochte Ihr junges Gesicht weniger als das von heute, das verwüstete.«

Ich denke oft an jenes Bild, das einstweilen nur ich sehe und von dem ich nie gesprochen habe. Es ist immer noch da, in der gleichen Stille, wunderbar. Es ist das einzige Bild von mir, das mir gefällt, das einzige, in dem ich mich wiederkenne und welches mich entzückt.

Sehr bald in meinem Leben war es zu spät. Mit achtzehn war es zu spät. Zwischen achtzehn und fünfundzwanzig nahm mein Gesicht eine unerwartete Richtung. Mit achtzehn bin ich gealtert. Ich weiß nicht, ob es allen so geht, ich habe nie gefragt. Mir ist, als hätte man mir schon von jenem Zeitschub erzählt, der einen manchmal überrascht, wenn man die jugendlichsten, die meistgefeierten Jahre des Lebens durchquert. Dieses Altern war jäh. Ich sah, wie es einen Gesichtszug nach dem andern erfaßte, wie es deren Beziehung untereinander veränderte, wie es die Augen größer machte, den Blick trauriger, den Mund bestimmter und in die Stirn tiefe Furchen grub. Statt darüber erschrocken zu sein, verfolgte ich dieses Altern meines Gesichts mit der gleichen Neugier, mit der ich mich zum Beispiel in ein Buch vertieft hätte. Ich wußte auch, es war keine Täuschung, es würde sich eines Tages verlangsamen und seinen normalen Lauf nehmen. Die Leute, die mich im Alter von siebzehn, während meiner Reise nach Frankreich, kannten, waren beeindruckt, als sie mich zwei Jahre später mit neunzehn wiedersahen. Dieses neue Gesicht habe ich behalten. Es war mein Gesicht. Selbstverständlich ist es weiter gealtert, doch weniger, als zu erwarten gewesen wäre. Ich habe ein von trockenen und tiefen Falten zerfurchtes Gesicht, mit welker Haut. Es ist nicht erschlafft wie manche Gesichter mit feinen Zügen, es hat die Konturen bewahrt, doch sein Stoff ist zerstört. Ich habe ein zerstörtes Gesicht.

Lassen Sie mich hinzufügen, ich bin fünfzehneinhalb.

Eine Fähre überquert den Mekong.

Das Bild währt die ganze Überfahrt.

Ich bin fünfzehneinhalb, es gibt keine Jahreszeiten in diesem Land, wir leben in einer einzigen heißen, eintönigen Jahreszeit, wir leben in der langen heißen Zone der Erde, kein Frühling, keine Wiederkehr.

Ich bin in einem staatlichen Pensionat in Saigon. Ich schlafe und esse dort, im Pensionat, zur Schule aber gehe ich ins französische Gymnasium. Meine Mutter, eine Lehrerin, will die höhere Schule für ihre kleine Tochter. Du gehörst in eine höhere Schule. Was für sie selber genug war, das reicht nicht aus für die Kleine. Die höhere Schule und dann ein gutes Examen in Mathematik. Dieses alte Lied hörte ich seit meinen ersten Schuljahren. Nie glaubte ich, dem Examen in Mathematik entgehen zu können. Ich war glücklich, daß sie hoffen durfte. Tagtäglich wurde ich Zeuge der Zukunftspläne meiner Mutter für ihre Kinder und für sich selbst. Eines Tages war sie nicht mehr in der Lage, Großartiges für ihre

Söhne auszudenken, und so dachte sie sich anderes aus, Fadenscheiniges, doch auch das hatte seine Wirkung, es setzte die Zukunft außer Kraft. Ich erinnere mich an Buchführungskurse für meinen kleinen Bruder. An den Allgemeinunterricht all die Jahre, durch alle Stufen. Es muß aufgeholt werden, sagte meine Mutter. Das dauerte drei Tage, niemals vier, nie. Nie. Den Allgemeinunterricht brachen wir nur ab, wenn wir die Station wechselten. Dann begann alles von vorn. Meine Mutter hielt zehn Jahre lang durch. Es hat nichts gebracht. Der kleine Bruder wurde ein kleiner Buchhalter in Saigon. Dem Umstand, daß es in der Kolonie die Violet-Schule nicht gab, verdankten wir die Abreise meines älteren Bruders nach Frankreich. Einige Jahre blieb er in Frankreich, um die Violet-Schule zu besuchen. Er hat es nicht geschafft. Meine Mutter sollte nicht betrogen werden. Doch sie hatte keine andere Wahl, dieser Sohn mußte von den beiden anderen Kindern getrennt werden. Einige Jahre lang gehörte er nicht mehr zur Familie. Während seiner Abwesenheit erwarb die Mutter die Konzession. Ein schreckliches Abenteuer, für

## II

uns Kinder aber, die wir geblieben waren, weniger schrecklich, als die Gegenwart des Kindermörders in der Nacht es gewesen wäre, in der Nacht des Jägers.

Man hat mir oft gesagt, es sei die allzu starke Sonne während der ganzen Kindheit gewesen. Doch ich habe es nicht geglaubt. Man hat mir auch gesagt, es sei das Grübeln gewesen, in welches das Elend die Kinder versinken läßt. Aber nein, das ist es nicht. Bei den greisenhaften, von endemischen Hunger betroffenen Kindern, da schon, aber wir, nein, wir hatten keinen Hunger, wir waren weiße Kinder, wir schämten uns, wir verkauften unsere Möbel, doch Hunger hatten wir nicht, wir hatten einen Boy, und wir hatten zu essen, zugegeben, manchmal war es mieses Zeug, Stelzvögel, kleine Alligatoren, dieses Zeug aber wurde immerhin von einem Boy zubereitet und serviert, und manchmal verweigerten wir es auch, erlaubten uns den Luxus, nicht essen zu wollen. Nein, als ich achtzehn war, ist etwas geschehen, was dieses Gesicht entstehen ließ. Es muß in der Nacht gewesen sein. Ich hatte Angst vor mir, ich hatte Angst vor

Gott. Am Tag hatte ich weniger Angst, und weniger schlimm erschien der Tod. Aber sie verließ mich nicht. Ich wollte töten, meinen älteren Bruder, ich wollte ihn töten, ihn endlich einmal besiegen, ein einziges Mal, und ihn sterben sehen. Um meiner Mutter den Gegenstand ihrer Liebe, diesen Sohn, zu entreißen, um sie für ihre so heftige, so schlechte Liebe zu bestrafen und vor allem, um meinen kleinen Bruder zu retten, meinen kleinen Bruder, den ich auch als mein Kind sah, zu retten vor dem lebendigen Leben dieses älteren Bruders, welches das seine überschattete, vor diesem schwarzen Schleier über dem Tageslicht, vor diesem Gesetz, das er, ein menschliches Wesen, verkörperte, verordnete und das ein animalisches Gesetz war und in jedem Augenblick eines jeden Lebenstages das Leben dieses kleinen Bruders mit Angst erfüllte, mit einer Angst, die einmal sein Herz erreichte und ihn sterben ließ.

Ich habe viel über diese Personen meiner Familie geschrieben, doch als ich es tat, lebten sie noch, die Mutter und die Brüder, und ich habe um sie herumgeschrieben, um diese Dinge herum, ohne bis zu ihnen vorzudringen.

Die Geschichte meines Lebens gibt es nicht. So etwas gibt es nicht. Es gibt nie einen Mittelpunkt. Keinen Weg, keine Linie. Es gibt weiträumige Orte, von denen man glauben macht, es habe hier jemanden gegeben, das stimmt nicht, es gab niemanden. Die Geschichte eines winzigen Teils meiner Jugend habe ich mehr oder weniger schon beschrieben, sozusagen erkennbar gemacht, ich spreche von ihr, der Geschichte der Flußüberquerung. Was ich hier tue, ist anders und gleich. Früher habe ich von hellen Zeiten gesprochen, von solchen, die erhellt waren. Hier spreche ich von verborgenen Zeiten dieser selben Jugend, von gewissen von mir verschütteten Tatsachen, Gefühlen, Ereignissen. Ich habe unter Leuten zu schreiben begonnen, die mich streng zum Schamgefühl erzogen. Schreiben galt ihnen noch als moralisch. Heute scheint Schreiben recht oft nichts mehr zu sein. Manchmal weiß ich: Wenn das Schreiben nicht, alle Dinge vereinend, ein flüchtiges Sprechen in den Wind ist, so ist es nichts. Wenn das Schreiben nicht jedesmal alle Dinge zu einem einzigen, seinem Wesen nach Unbestimmbaren vereint, so ist es nichts weiter als Werbung. Meist aber habe ich keine Ansicht, ich sehe, daß alle Bereiche offenliegen, daß es keine Mauern mehr gibt, daß das Geschriebene nirgends mehr einen Ort findet, sich zu verbergen, zu entstehen, gelesen zu werden, daß seine fundamentale Anstößigkeit nicht mehr respektiert wird, doch weiter denke ich nicht.

Jetzt sehe ich, daß ich sehr jung, mit achtzehn, mit fünfzehn, ein Gesicht hatte, in dem jenes andere vorweggenommen war, das mir später der Alkohol in mittleren Lebensjahren beigebracht hat. Der Alkohol übernahm die Funktion, die Gott nicht gehabt hat, auch jene, mich zu töten, zu töten. Dieses vom Alkohol gezeichnete Gesicht habe ich vor dem Alkohol bekommen. Der Alkohol sollte es nur bestätigen. Es war in mir ein Platz dafür, ich wußte es wie die anderen, nur seltsamerweise im voraus. So wie in mir auch ein Platz für das Begehren war.

Ich hatte mit fünfzehn ein Gesicht der Lust und kannte die Lust nicht. Dieses Gesicht war sehr deutlich. Selbst meine Mutter mußte es gesehen haben. Meine Brüder sahen es. Alles begann für mich so, mit diesem sehenden, mitgenommenen Gesicht, diesen vor der Zeit umränderten Augen, vor dem *Experiment*.

Fünfzehneinhalb. Die Überquerung des Flusses. Wenn ich nach Saigon zurückkehre, bin ich auf Reisen, vor allem, wenn ich den Bus nehme. Und an diesem Morgen nahm ich den Bus in Sadec, wo meine Mutter die Mädchenschule leitet. Die Schulferien sind zu Ende, ich weiß nicht mehr welche. Ich habe sie in dem kleinen Dienstgebäude, wo meine Mutter arbeitet, verbracht. Und an diesem Tag kehre ich nach Saigon zurück, ins Pensionat. Der Bus für Eingeborene ist vom Marktplatz in Sadec abgefahren. Wie üblich hat mich meine Mutter begleitet, hat mich dem Busfahrer anvertraut, immer vertraut sie mich den Fahrern der Busse nach Saigon an, für den Fall eines Unglücks, einer Feuersbrunst, einer Vergewaltigung, eines Überfalls von

Piraten, eines schlimmen Unfalls mit der Fähre. Wie üblich hat mich der Fahrer vorn neben sich gesetzt, auf den Platz, der den weißen Reisenden vorbehalten ist.

Während dieser Reise hätte das Bild sich lösen, dem Ganzen entrissen werden können. Es hätte existieren, eine Fotografie hätte aufgenommen werden können, wie eine andere auch, anderswo, unter anderen Umständen. Aber sie ist nicht gemacht worden. Der Gegenstand war zu unbedeutend, ein Foto herauszufordern. Wer hätte schon daran denken sollen? Ein Foto hätte nur aufgenommen werden können, wäre die Bedeutung dieses Ereignisses in meinem Leben, dieser Flußüberquerung, vorauszusehen gewesen. Doch während sie stattfand, fehlte selbst das Wissen um seine Existenz. Gott allein wußte davon. Darum also existiert dieses Bild nicht. Und es konnte anders auch gar nicht sein. Es ist übersehen worden. Es ist vergessen worden. Es ist nicht losgelöst, dem Ganzen entrissen worden. Es ist gar nicht erst entstanden und verdankt diesem Mangel die Kraft, ein Absolutes zu verkörpern, sein Urheber zu sein.

Es geschieht also auf der Fähre, während der Überquerung eines Nebenarms des Mekong, der sich zwischen Vinhlong und Sadec durch die große Schlamm- und Reisebene des südlichen Kotschinchina zieht, die Ebene der Vögel.

Ich steige aus dem Bus. Ich gehe zur Reling. Ich betrachte den Fluß. Meine Mutter sagt mir manches Mal, nie mehr in meinem Leben würde ich so schöne Flüsse sehen wie diese hier, so groß, so wild, wie den Mekong und seine Nebenarme, die den Ozeanen zuströmen, diesen Wasserflächen, die in den Höhlungen der Ozeane langsam verschwinden. In diesem unabsehbaren Flachland strömen die Flüsse rasch, sie schießen dahin, als wäre die Erde abschüssig.

Ich steige immer aus dem Bus, wenn wir auf der Fähre ankommen, auch nachts, denn ich habe immer Angst, Angst, die Seile könnten reißen, so daß wir zum Meer abgetrieben würden. In der gewaltigen Strömung betrachte ich den letzten Augenblick meines Lebens. Die Strömung ist so stark, daß sie alles mitreißen würde, Gestein, eine Kathedrale, eine Stadt. Ein Sturm wütet im

Innern der Wasserfluten. Wind, der sich widersetzt.

Ich trag ein Kleid aus Rohseide, es ist abgenutzt, beinahe durchsichtig. Zuvor ist es ein Kleid meiner Mutter gewesen, eines Tages zog sie es nicht mehr an, weil sie es zu hell fand, und gab es mir. Das Kleid ist ärmellos, sehr tief ausgeschnitten. Es hat jenen bräunlichen Ton, den die Rohseide durch das Tragen annimmt. Es ist ein Kleid, an das ich mich erinnere. Ich finde, daß es mir gut steht. Ich habe mir einen Ledergürtel umgebunden, einen Gürtel meiner Brüder vielleicht. Ich erinnere mich nicht an die Schuhe, die ich in diesen Jahren trug, bloß an gewisse Kleider. Die meiste Zeit stecken meine nackten Füße in Leinensandalen. Ich spreche von der Zeit vor dem Besuch der höheren Schule in Saigon. Von da an habe ich natürlich immer Schuhe getragen. An jenem Tag muß ich das berüchtigte Paar aus Goldlamé mit hohen Absätzen getragen haben. Es fällt mir nicht ein, was ich anderes an jenem Tag hätte tragen können, also trage ich diese. Billige Ladenhüter, die mir meine Mutter gekauft hat. Ich trage

Goldlamé, um ins Gymnasium zu gehen. Ich gehe ins Gymnasium in Abendschuhen, die mit kleinen Verzierungen aus Straß besetzt sind. Es gefällt mir so. Ich ertrage mich nur in diesen Schuhen, und noch jetzt will ich mich so, diese hohen Absätze sind die ersten meines Lebens, sie sind schön, sie stellen alle früheren Schuhe in den Schatten, die zum Laufen und Spielen, die flachen, aus weißem Leinen.

Aber nicht die Schuhe sind das Ungewöhnliche, das Unerhörte an der Aufmachung der Kleinen an diesem Tag. Das, was an diesem Tag zählt, ist, daß die Kleine einen Männerhut mit flacher Krempe auf dem Kopf trägt, einen weichen rosenholzfarbenen Hut mit breitem schwarzem Rand.

Das Entscheidende, die Zweideutigkeit des Bilds, liegt in diesem Hut.

Wie er in meinen Besitz gelangt ist, habe ich vergessen. Ich weiß niemanden, der ihn mir hätte geben können. Ich glaube, meine Mutter hat ihn mir gekauft, auf meinen Wunsch. Einzige Gewißheit, es war ein billiger Ladenhüter. Wie der Kauf zu erklären ist? Keine Frau, kein junges Mädchen trägt zu dieser Zeit in dieser Kolonie einen Männerhut. Auch Eingeborene nicht. Es muß sich folgendermaßen zugetragen haben: Ich werde den Hut einfach so zum Spaß aufprobiert, mich im Spiegel beim Händler betrachtet und dabei festgestellt haben: Unter dem Männerhut ist die unangenehme Winzigkeit meiner Gestalt, dieser Makel der Kindheit, zu etwas anderem geworden. Sie hat aufgehört, eine brutale, fatale Gegebenheit der Natur zu sein. Sie ist, ganz im Gegenteil, zu etwas der Natur Widersprechendem geworden, zu einer Wahl des Geistes, plötzlich, gewollt. Plötzlich sehe ich mich, wie eine andere, wie eine andere gesehen würde, von außen, die allen zur Verfügung steht, allen Blicken zur Verfügung, dem Kreislauf der Städte, der Straßen, des Begehrens anheimgegeben. Ich nehme den Hut, ich trenne mich nicht mehr von ihm, ich habe ihn nun, diesen Hut, der meine ganze Erscheinung ausmacht, ich lasse nicht mehr von ihm. Mit den Schuhen muß es ähnlich gewesen sein, doch erst nach dem Hut. Sie widersprechen dem Hut, so wie der Hut dem schmächtigen Körper widerspricht, also sind sie das

Richtige für mich. Auch von ihnen trenne ich mich nicht mehr, ich gehe mit diesen Schuhen, diesem Hut überallhin, hinaus, bei jedem Wetter, bei jeder Gelegenheit, ich gehe in die Stadt.

Ich habe ein Foto meines Sohnes im Alter von zwanzig wiedergefunden. Er ist in Kalifornien mit seinen Freundinnen Erika und Elisabeth Lennard. Er ist mager, so mager, daß man ihn für einen weißen Ugander halten könnte. Ich bemerke an ihm ein hochmütiges Lächeln, einen leicht spöttischen Ausdruck. Er möchte sich das verwerfliche Aussehen eines jungen Landstreichers geben. Er gefällt sich so, als Armer, mit dieser Armenmiene, dieser komischen Haltung eines jungen Mageren. Dieses Foto kommt jenem am nächsten, das von dem Mädchen auf der Fähre nicht gemacht worden ist.

Diejenige, die den rosa Hut mit der flachen Krempe und dem breiten schwarzen Rand gekauft hat, ist sie, jene Frau auf einer gewissen Fotografie, es ist meine Mutter. Ich erkenne sie hier besser als auf späteren

Fotos. Da ist der Hof eines Hauses am Kleinen See von Hanoi. Wir sind zusammen, sie und wir, ihre Kinder. Ich bin vier. Meine Mutter befindet sich in der Mitte des Bilds. Ich erkenne deutlich, wie schlecht sie sich hält, wie sie nicht lächelt, wie sie darauf wartet, daß das Foto beendet werde. An ihren gespannten Zügen, an einer gewissen Nachlässigkeit ihrer Haltung, an ihrem schläfrigen Blick erkenne ich, daß es heiß ist, daß sie erschöpft ist, daß sie müde ist. Doch an der Art, wie wir gekleidet sind, wir, ihre Kinder, wie Unglückselige, vergegenwärtige ich mir einen gewissen Zustand, in den meine Mutter manchmal verfiel und dessen Vorzeichen wir in dem Alter, das wir auf dem Foto haben, bereits kannten, nämlich ihre plötzliche Unfähigkeit, uns zu waschen, anzukleiden, ja sogar zu ernähren. Dieser große Lebensüberdruß, meine Mutter durchlebte ihn täglich. Manchmal hielt er an, manchmal verschwand er über Nacht. Ich bin in der glücklichen Lage gewesen, eine Mutter zu haben, die an einer so reinen Verzweiflung litt, daß selbst die lebhafteste Freude sie nicht ganz davon abzubringen vermochte. Was ich nie erfahren werde, sind die konkreten Anlässe, die sie täglich dazu brachten, uns in dieser Weise aufzugeben. Diesmal ist es vielleicht die Torheit, die sie begangen hat, dieses Haus, das sie eben gekauft hat – das Haus auf der Fotografie –, das wir überhaupt nicht nötig hatten, und dies zu einer Zeit, als mein Vater schon schwerkrank ist, dem Tod so nah, wenige Monate zuvor. Oder vielleicht hat sie eben erfahren, daß sie ihrerseits an jener Krankheit leidet, an der er sterben wird? Die Daten überschneiden sich. Wovon ich nichts weiß, wie sie nichts gewußt haben mag, ist die Natur jener Ängste, die sie heimsuchten und ihre Mutlosigkeit sichtbar machten. War es der schon greifbare Tod meines Vaters oder derjenige des Tags? Die Infragestellung dieser Ehe?, dieses Ehemanns?, dieser Kinder? oder alles zusammen?

Es geschah täglich. Da bin ich sicher. Es muß grausam gewesen sein. In einem bestimmten Moment des Tags kam die Verzweiflung zum Vorschein. Dann folgte die Unfähigkeit, sich fortzubewegen, oder der Schlaf, oder manchmal nichts, oder manchmal ganz im Gegenteil ein Hauskauf, ein

Umzug, oder manchmal auch diese Stimmung, nur diese Stimmung, diese Niedergeschlagenheit, oder manchmal, wie bei einer Königin, alles, worum man sie bat, alles, was man ihr anbot, dieses Haus am Kleinen See, wider jede Vernunft, als mein Vater schon im Sterben lag, oder dieser Hut mit der flachen Krempe, weil die Kleine ihn so gern haben wollte, oder diese Schuhe mit Goldlamé, oder anderes. Oder nichts, oder schlafen, sterben.

Ich hatte nie einen Film mit Indianerinnen gesehen, die solche flachkrempigen Hüte getragen und Zöpfe vorn über die Brust. An diesem Tag habe auch ich Zöpfe, ich habe sie nicht wie üblich hochgesteckt, doch es sind nicht die gleichen. Ich trage zwei lange Zöpfe vorn über der Brust, wie jene Frauen im Kino, die ich nie gesehen habe, aber es sind Kinderzöpfe. Seitdem ich den Hut habe, stecke ich die Haare, um ihn besser aufsetzen zu können, nicht mehr hoch. Seit einiger Zeit zerre ich heftig an meinen Haaren, ich frisiere sie nach hinten, ich möchte, daß sie eng anliegen, damit man sie weniger sieht. Jeden Abend kämme ich mich und flechte die Zöpfe vor dem Schlafengehen neu, wie meine Mutter es mir beigebracht hat. Mein Haar ist schwer, geschmeidig, empfindlich, eine kupferfarbene Masse, die mir den Rücken hinabfällt. Oft sagt man mir, sie seien das Schönste, was ich habe, und das bedeutet für mich, daß ich nicht schön bin. Diese ungewöhnlichen Haare werde ich mit dreiundzwanzig in Paris abschneiden lassen, fünf Jahre nachdem ich meine Mutter verlassen habe. Ich sagte: Schneiden Sie. Er hat geschnitten. Alles mit einem einzigen Schnitt, um das Gröbste hinter sich zu haben, die kalte Schere streifte die Haut meines Halses. Es fiel zu Boden. Ich wurde gefragt, ob ich sie haben wolle, man würde sie mir einpacken. Ich sagte nein. Danach hieß es nicht mehr, ich hätte schönes Haar, zumindest nie mehr so ausdrücklich wie zuvor, bevor ich sie habe schneiden lassen. Später hieß es eher: Sie hat einen schönen Blick. Auch das Lächeln, nicht übel.

Auf der Fähre, sehen Sie mich an, da habe ich sie noch. Ich bin fünfzehneinhalb. Ich schminke mich schon. Ich verwende Tokalon-Creme, ich versuche, die Sommersprossen auf meinen Wangen unterhalb der Augen zu verdecken. Über die Tokaloncreme lege ich eine Schicht fleischfarbenen Puders, Marke Houbigan. Dieser Puder gehört meiner Mutter, die ihn verwendet, wenn sie zu Abendgesellschaften der Generalverwaltung geht. An diesem Tag habe ich auch die Lippen geschminkt, dunkelrot, wie damals üblich, kirschfarben. Ich weiß nicht, wie ich mir den Lippenstift beschafft habe, vielleicht hat ihn Hélène Lagonelle ihrer Mutter für mich gestohlen, ich weiß es nicht mehr. Ich habe kein Parfüm, denn bei meiner Mutter gibt es nur Kölnischwasser und Palmolivseife.

Auf der Fähre, neben dem Bus, steht eine große schwarze Limousine mit einem Chauffeur in weißleinener Livree. Ja, es ist der große Leichenwagen meiner Bücher. Es ist ein Morris Léon-Bollée. Der schwarze Lancia der Botschaft in Kalkutta hat noch nicht Einzug in die Literatur gehalten.

Zwischen den Chauffeuren und den Herren gibt es noch Schiebefenster. Es gibt noch Klappsitze. Noch ist alles geräumig wie ein Zimmer.

In der Limousine sitzt ein sehr eleganter Mann, der mich ansieht. Es ist kein Weißer. Er ist europäisch gekleidet, er trägt den hellen Tussahseidenanzug der Bankiers von Saigon. Er sieht mich an. Ich bin es schon gewohnt, daß man mich ansieht. Man sieht die Weißen in den Kolonien an und die weißen zwölfjährigen Mädchen auch. Seit drei Jahren sehen mich auch die Weißen auf der Straße an, und die Freunde meiner Mutter laden mich liebenswürdig zum Kaffee ein, wenn ihre Frauen im Sportklub Tennis spielen.

Ich könnte mich täuschen, glauben, ich sei schön wie die schönen Frauen, wie die Frauen, die man ansieht, denn man sieht mich wirklich oft an. Aber ich weiß schon, daß es nicht eine Frage der Schönheit ist, daß es um etwas anderes geht, ja, um anderes, beispielsweise um Intelligenz. Wie ich scheinen will, so scheine ich auch, auch schön, wenn es das ist, was gewünscht wird, schön oder hübsch, hübsch zum Beispiel für die Familie, für die Familie genügt das. Alles, was man von mir wünscht, kann ich werden. Und daran glauben. Glauben, daß ich ebensogut charmant sein kann. Sobald ich glaube, daß es für den, der mich sieht und sich wünscht, ich entspräche seinem Geschmack, eine Erfüllung ist, kann ich es auch. So kann ich ganz bewußt charmant sein, selbst wenn mich die Tötung meines Bruders quält. Für den Tod gibt es eine einzige Komplizin, meine Mutter. Ich verwende das Wort charmant, wie man es in meiner Umgebung verwendet hat, in der Umgebung von Kindern.

Ich bin bereits gewarnt. Ich weiß etwas. Ich weiß, daß es nicht die Kleider sind, die die Frauen mehr oder weniger schön machen, noch die Schönheitspflege, noch der Preis der Salben, noch die Erlesenheit, der Wert des Schmucks. Ich weiß, daß das Problem woanders ist. Ich weiß nicht wo. Ich weiß nur, daß es nicht da ist, wo die Frauen es vermuten. Ich sehe die Frauen in den Straßen von Saigon an, auf den Außenstationen. Es gibt unter ihnen sehr schöne, sehr weiße, sie sind um ihre Schönheit äußerst besorgt hier, vor allem auf den Außenstationen. Sie tun nichts, sie erhalten sich nur, sie erhalten sich für Europa, für die Liebhaber, die Ferien in Italien, den sechs Monate langen Urlaub alle drei Jahre, wenn sie endlich über das, was hier vorgeht, werden reden können, über diese so eigenartige Existenz in der Kolonie, über die so hervorragenden Dienste der Leute hier, dieser Boys, über die Vegetation, über die Bälle, über diese weißen, zum Sich-Verirren weiträumigen Villen, wo die Beamten entlegener Stationen untergebracht sind. Sie warten. Sie kleiden sich für niemanden und nichts. Im Schatten dieser Villen betrachten sie sich in Gedanken an später, sie glauben einen Roman zu leben, ihre weiten Schränke sind schon voller Kleider, mit denen sie nichts anzufangen wissen, angesammelt wie die Zeit, die lange Reihe der Tage des Wartens. Einige verfallen dem Wahnsinn. Einige werden sitzengelassen wegen eines jungen verschwiegenen Dienstmädchens. Sitzengelassen. Man hört, wie dieses Wort sie trifft, hört das Geräusch, das es verursacht, das Geräusch der Ohrfeige, die das Wort verpaßt. Einige bringen sich um.

Dieser Verstoß der Frauen gegen sich selbst erschien mir immer wie eine Verirrung.

Es konnte nicht darum gehen, das Begehren auf sich zu ziehen. Es war in derjenigen, die es herausforderte, oder es existierte nicht. Es war vom ersten Blick an da, oder es hatte nie existiert. Es war die jähe Vorstellung einer Vereinigung, oder es war nichts. Auch das wußte ich schon vor dem *Experiment*.

Einzig Hélène Lagonelle entkam dem Gesetz der Verirrung. Zurückgeblieben in der Kindheit.

Lange Zeit besitze ich keine eigenen Kleider. Meine Kleider sind eine Art Sack, sie sind aus alten Kleidern meiner Mutter gemacht, die ihrerseits eine Art Sack sind. Ausgenommen jene, die meine Mutter mir von Dô machen läßt. Das ist die Gouvernante, die meine Mutter nie verlassen wird, selbst dann nicht, wenn meine Mutter nach Frankreich zurückkehren wird, selbst dann nicht, wenn mein älterer Bruder versuchen wird, sie im Dienstgebäude von Sadec zu vergewaltigen, selbst dann nicht, wenn sie keinen Lohn mehr erhalten wird. Dô ist bei den Nonnen erzogen worden, sie stickt, und sie plissiert, sie näht, wie man seit Ewigkeiten nicht mehr näht, mit haarfeinen Nadeln. Da sie stickt, läßt meine Mutter sie Leintücher besticken. Da sie plissieren kann, läßt meine Mutter mir Kleider mit Falten, Kleider mit Rüschen machen, ich trage sie wie Säcke, sie sind altmodisch, immer kindlich, zwei Faltenreihen vorn und Rundkragen, oder Zierstreifen auf dem Rock, oder schräg eingefaßte Rüschen, damit es nach »Couture« aussieht. Ich trage diese Kleider wie Säcke, mit Gürteln, durch die ihre Form verändert wird, so werden sie zeitlos.

Fünfzehneinhalb. Der Körper ist schmal, fast schmächtig, Kinderbrüste noch, sie ist blaßrosa und rot geschminkt. Und dann diese Aufmachung, die zum Lachen reizen könnte, über die aber keiner lacht. Ich sehe deutlich, daß alles vorhanden ist. Alles ist vorhanden, und noch hat das Spiel nicht begonnen, ich sehe es an den Augen, alles steht schon in den Augen. Ich will schreiben. Schon habe ich es meiner Mutter gesagt: Was ich will, ist schreiben. Keine Antwort das erste Mal. Und dann fragt sie: Was schreiben? Ich sage: Bücher, Romane. Sie sagt hart: Nach dem Mathematikexamen kannst du schreiben, wenn du willst, das geht mich dann nichts mehr an. Sie ist dagegen, das bringt nichts ein, das ist keine Arbeit, das ist Ulk – sie wird mir später sagen: Der Einfall eines Kindes.

Die Kleine mit dem Filzhut steht im schlammigen Licht des Flusses, allein auf dem Deck der Fähre, auf die Reling gestützt. Der Männerhut taucht die ganze Szenerie in Rosa. Es ist die einzige Farbe. Im dunstigen Licht des Flusses, im Licht der Hitze haben sich die Ufer aufgelöst, der Fluß scheint in den Horizont überzugehen. Der Fluß strömt lautlos, ohne Geräusch, wie das Blut im Körper. Kein Wind über dem Wasser. Der Motor der Fähre, das einzige Geräusch der Szene, das Geräusch eines alten klapprigen Motors mit ausgedienten Kurbelstangen. Von Zeit zu Zeit, bei leichten Böen, Geräusche von Stimmen. Und dann Hundegebell, es kommt von überall hinter dem Dunst hervor, aus allen Dörfern. Die Kleine kennt den Fährmann seit ihrer Kindheit. Der Fährmann lächelt ihr zu und erkundigt sich nach dem Befinden der Frau Direktorin. Er sagt, er sehe sie häufig nachts hinüberfahren, unterwegs zu ihrem Land in Kambodscha. Der Mutter geht es gut, sagt die Kleine. Um die Fähre herum der Fluß, er ist randvoll, seine Fluten durchströmen die stehenden Wasser der Reisfelder, sie vermischen sich nicht. Der Fluß hat alles zusammengerafft, was ihm seit dem Tonlésap, dem kambodschanischen Urwald, begegnet ist. Er nimmt mit, was kommt, Strohhütten, Wälder, Reste von Feuersbrünsten, tote Vögel, tote Hunde, ertrunkene Tiger und Büffel, ertrunkene Menschen, Fischköder, Inseln aus zusammengewachsenen Wasserhyazinthen, alles treibt auf den Pazifik zu, nichts hat Zeit, dahinzufließen, alles wird erfaßt von dem tiefen und reißenden Sturm der inneren Strömung, alles bleibt in der Schwebe auf der Oberfläche des machtvollen Stroms.

Ich habe ihr geantwortet, das, was ich vor allem anderen wolle, sei schreiben, nichts anderes als das, nichts. Eifersüchtig ist sie. Keine Antwort, ein kurzer Blick, der sich sofort abwendet, das kleine Schulterzucken, unvergeßlich. Ich werde als erste weggehen. Es wird noch einige Jahre dauern, bis sie mich verliert, bis sie diese da verliert, dieses Kind. Um die Söhne brauchte sie nicht zu bangen. Aber die Tochter, das wußte sie, würde eines Tages weggehen, würde es schaffen, sich zu lösen. Die Beste in Französisch. Der Direktor des Gymnasiums sagt ihr: Ihre Tochter, Madame, ist die Beste in Französisch. Meine Mutter erwidert nichts, nichts, unzufrieden, weil nicht ihre Söhne die Besten in Französisch sind, so eine Gemeinheit, meine Mutter, meine geliebte Mutter, fragt: Und in Mathematik? Man sagt ihr: Es ist noch nicht ganz das, aber es wird schon werden. Meine Mutter fragt: Wann wird es werden? Man erwidert: Wenn sie es will, Madame.

Meine Mutter, meine geliebte Mutter, diese unglaublich lächerliche Erscheinung mit ihren von Dô gestopften Baumwollstrümpfen, selbst in den Tropen glaubt sie noch, Strümpfe tragen zu müssen, um die Direktorin einer Schule zu spielen, mit ihren erbärmlichen, formlosen, von Dô ausgebesserten Kleidern, als käme sie geradewegs aus ihrem mit Kusinen bevölkerten pikardischen Bauernhof, sie trägt alles auf, glaubt, es müsse so sein, müsse verdient sein, ihre Schuhe, ihre Schuhe sind ausgetreten, sie geht schief, unter elenden Schmerzen, ihr Haar zerrt und preßt sie zu einem chinesischen Knoten zusammen, wir schämen uns für sie, ich schäme mich für sie auf der Straße vor dem Gymnasium, wenn sie in ihrem B.12 vorfährt, sehen alle sie an, nur sie, sie bemerkt nichts, nie, man sollte sie einsperren, schlagen, umbringen. Sie schaut mich an, sie sagt: Vielleicht kommst du hier einmal raus. Tag und Nacht die fixe Idee. Es geht nicht darum, etwas zu erreichen, es geht darum, aus dem Bestehenden auszubrechen.

Wenn meine Mutter sich wieder fängt, wenn sie aus der Verzweiflung auftaucht, entdeckt sie den Männerhut und die Goldlaméschuhe. Sie fragt mich, was das sei. Nichts, sage ich. Sie sieht mich an, es gefällt ihr, sie lächelt. Nicht übel, sagt sie, das steht dir ganz gut, mal was anderes. Sie fragt nicht, ob sie es war, die mir das gekauft hat, sie weiß, daß sie es ist. Sie weiß, daß sie zu so was imstande ist, daß sie unter gewissen Umständen, von denen ich schon gesprochen habe, sich alles entlocken läßt, was man will, daß sie uns gegenüber machtlos ist. Ich sage zu ihr: Es war überhaupt nicht teuer, mach dir nichts draus. Sie fragt, wo es gewesen sei. Ich sage: An der Rue Catinat, Ladenhüter. Sie sieht mich mit Sympathie an. Sie hält wohl die Phantasie der Kleinen, ihre erfinderische Art, sich zu kleiden, für etwas Tröstliches. Sie, die wie eine Witwe daherkommt, in fadem Grau wie eine ehemalige Nonne, sie läßt diese Posse, diese Unschicklichkeit nicht nur zu, diese Unschicklichkeit gefällt ihr sogar.

Die Verbindung zur Armut liegt auch in diesem Männerhut, denn irgendwie muß Geld ins Haus, so oder anders, aber es muß her. Um sie herum ist Ödnis, ihre Söhne sind Ödnis, sie werden nie etwas hervorbringen, wie auch die Salzerde nicht, das Geld ist und bleibt verloren, es ist alles zu Ende. Bleibt diese Kleine, die heranwächst und die vielleicht eines Tages wissen wird, wie man Geld ins Haus schafft. Aus diesem Grund, sie weiß es gar nicht, läßt die Mutter es zu, daß ihr Kind in der Aufmachung einer Kind-Prostituierten ausgeht. Und darum auch versteht es das Kind schon, die Aufmerksamkeit, die man seiner Person schenkt, jener Aufmerksamkeit zuzulenken, die es selber dem Geld schenkt. Darüber muß die Mutter lächeln.

Die Mutter wird es nie hindern, wenn es auf Geld aus ist. Das Kind wird sagen: Ich habe ihn um fünfhundert Piaster für die Rückkehr nach Frankreich gebeten. Die Mutter wird sagen, das sei richtig, so viel sei erforderlich, um sich in Paris einzurichten, sie wird sagen: Mit fünfhundert Piastern ist das möglich. Das Kind weiß, es tut das, was die Mutter gewünscht hätte, daß ihr Kind tue, wenn sie es gewagt hätte, wenn sie die Kraft dazu gehabt hätte, wenn der Schmerz, den ihr der Gedanke verursachte, nicht täglich dagewesen wäre, bis zur Erschöpfung.

Plötzlich weiß ich nicht mehr, was ich in den Büchern, die sich auf meine Kindheit beziehen, gesagt, was ich zu sagen vermieden habe, ich glaube über die Liebe gesprochen zu haben, die wir für unsere Mutter empfanden, doch ich weiß nicht, ob ich auch über den Haß gesprochen habe, den wir für sie empfanden, sowie über die Liebe, die wir füreinander empfanden, und über den Haß, den schrecklichen, in dieser gemeinsamen Geschichte des Ruins und des Todes, die die Geschichte dieser Familie immer schon war, in der Liebe wie im Haß, und die meine Fassungskraft noch immer übersteigt, die mir noch immer unzugänglich ist, verborgen in meinem tiefsten Innern, blind wie ein Neugeborenes am ersten Tag. Sie ist der Ort, an dessen Schwelle das Schweigen beginnt. Was dort vor sich geht, ist eben das Schweigen, diese langsame Arbeit für ein ganzes Leben. Noch bin ich dort, vor diesen besessenen Kindern, im gleichen Abstand zu dem Geheimnis. Ich habe nie geschrieben, wenn ich zu schreiben glaubte, ich habe nie geliebt, wenn ich zu lieben glaubte, ich habe nie etwas anderes getan, als zu warten vor verschlossener Tür.

Als ich mich auf der Mekong-Fähre befinde, an diesem Tag der schwarzen Limousine, hat meine Mutter die Ländereien am Damm noch nicht aufgegeben. Von Zeit zu Zeit fahren wir noch hin, wie früher, des Nachts, wir fahren noch alle drei hin, wir werden dort einige Tage verbringen. Wir sitzen da auf der Veranda des Bungalows, gegenüber der Bergkette von Siam. Und dann fahren wir wieder zurück. Sie hat dort nichts zu tun, sie kehrt aber immer wieder dorthin zurück. Mein kleiner Bruder und ich sind bei ihr auf der Veranda, gegenüber dem Wald. Wir sind schon zu groß, wir baden nicht mehr im reißenden Bach, wir jagen nicht mehr den schwarzen Panther in den Sümpfen des Mündungsgebiets, wir gehen nicht mehr in den Wald, auch nicht in die Dörfer der Pfefferplantagen. Alles um uns her ist größer geworden. Es gibt keine Kinder mehr, weder auf Büffeln noch sonstwo. Auch wir sind von Fremdheit befallen, und die gleiche Trägheit, die meine Mutter ergriffen hat, hat auch uns ergriffen. Wir haben nichts gelernt, außer den Wald anzusehen, zu warten, zu weinen. Die tiefgelegenen Ländereien sind endgültig verloren, die Dienstboten bebauen die höheren Parzellen, wir überlassen ihnen den Reis, sie bleiben bei uns ohne Lohn, sie sind Nutznießer der guten Strohhütten, die meine Mutter hat errichten lassen. Sie lieben uns, als seien wir Angehörige ihrer Familie, sie tun, als beschützten sie den Bungalow, und sie beschützen ihn auch. Das ärmliche Geschirr wird gehegt. Das von den Regenfällen verfaulte Dach schwindet mehr und mehr. Doch die Möbel sind geputzt. Und die Umrisse des Bungalows sind klar wie eine Zeichnung, von der Straße aus sichtbar. Die Türen sind tagsüber auf, damit die Zugluft das Holz trockne. Und abends verschlossen den streunenden Hunden und den Bergschmugglern.

Sehen Sie, es war also nicht in der Kantine von Ream, wie ich einmal geschrieben habe, wo ich den reichen Mann mit der schwarzen Limousine treffe, es ist nach Aufgabe der Konzession, zwei oder drei Jahre später, auf der Fähre, an jenem Tag, von dem ich hier erzähle, in diesem Licht aus Dunst und Hitze.

Anderthalb Jahre nach dieser Begegnung kehrt meine Mutter mit uns nach Frankreich zurück. Sie wird all ihre Möbel verkaufen. Und dann wird sie ein letztes Mal zum Damm fahren. Sie wird sich auf die Veranda setzen, mit Blick nach Westen, sie wird noch einmal zur Bergkette von Siam hinüberschauen, ein letztes Mal, dann nie mehr, selbst wenn sie Frankreich wieder verlassen wird. Wenn sie ihren Entschluß noch einmal ändert und wenn sie noch einmal nach Indochina zurückkehrt und schließlich in Saigon in den Ruhestand tritt, wird sie nie wieder zu jenen Bergen fahren, zu jenem gelben und grünen Himmel über diesem Wald.

Ja, ich muß hinzufügen, spät in ihrem Leben hat sie neu angefangen. Sie gründete eine französischsprachige Schule, die Nouvelle École Française, die ihr erlaubte, einen Teil meines Studiums zu bezahlen und ihren älteren Sohn zeit ihres Lebens zu unterhalten.

Mein jüngerer Bruder starb innerhalb von drei Tagen an einer Bronchopneumonie, sein Herz hat versagt. Damals habe ich meine Mutter verlassen. Es war während der japanischen Okkupation. Alles ist an diesem Tag zu Ende gegangen. Ich habe ihr nie mehr Fragen über unsere Kindheit gestellt, über sie selbst. Für mich ist sie am Tod meines kleinen Bruders gestorben. Wie mein älterer Bruder auch. Ich habe den Schrecken nicht überwunden, den sie mir plötzlich eingeflößt haben. Sie bedeuten mir nichts mehr. Seit diesem Tag weiß ich nichts mehr von ihnen. Ich weiß noch immer nicht, wie es ihr gelungen ist, ihre Schulden bei den Chettys abzuzahlen. Eines Tages sind sie nicht mehr gekommen. Ich sehe sie vor mir. Sie sitzen im kleinen Salon in Sadec, mit weißem Tuch bekleidet, sitzen da, ohne ein Wort zu sagen, Monate, Jahre. Man hört meine Mutter weinen und sie beschimpfen, sie ist in ihrem Zimmer, sie will nicht herauskommen, sie schreit, man solle sie in Ruhe lassen, sie sind taub, ruhig, lächeln, sie bleiben. Doch dann, eines Tages, sind sie nicht mehr da. Sie sind jetzt tot, die Mutter und die beiden Brüder. Auch für die Erinnerungen ist es zu spät. Jetzt liebe ich sie nicht mehr. Ich weiß nicht mehr, ob ich sie geliebt habe. Ich habe sie verlassen. Ich habe den Duft der Haut meiner Mutter nicht mehr im Kopf, die Farbe ihrer Augen nicht mehr in meinen Augen. Ich erinnere mich nicht mehr an die Stimme, nur manchmal an jene sanfte Stimme der Erschöpfung am Abend. Das Lachen, ich höre es nicht mehr, weder das Lachen noch ihr Geschrei. Es ist vorbei, ich erinnere mich nicht mehr. Darum fällt es mir jetzt so leicht, über sie zu schreiben, so ausführlich, so gelassen, sie ist zur Schreibschrift geworden.

Sie mußte von 1932 bis 1949 in Saigon bleiben, diese Frau. Im Dezember 1942 stirbt mein kleiner Bruder. Sie kann sich nicht mehr von der Stelle rühren. Sie sei dort geblieben, in der Nähe des Grabs, sagt sie. Und dann ist sie schließlich nach Frankreich zurückgekehrt. Mein Sohn war zwei Jahre alt, als wir uns wiedersahen. Es war zu spät, sich wiederzufinden. Vom ersten Blick an begriffen wir es. Da gab es nichts mehr wiederzufinden. Außer beim älteren Sohn, alles andere war vorbei. Sie zog in das Loir-et-Cher, in ein unechtes Louis-

Quatorze-Schloß, wo sie auch starb. Sie lebte mit Dô. Sie hatte immer noch Angst in der Nacht. Sie hatte sich ein Gewehr gekauft. Dô hielt Wache in den Mansardenzimmern im obersten Stockwerk des Schlosses. Sie hatte auch für ihren älteren Sohn ein Gut gekauft, in der Nähe von Amboise. Mit Wald. Er ließ den Wald abholzen. Er fuhr mit dem Geld nach Paris in einen Bakkarat-Klub. Der Wald war in einer einzigen Nacht verspielt. Wenn ich in meiner Erinnerung plötzlich nachgiebig werde, wenn mein Bruder mich möglicherweise zu Tränen rührt, so nach dem Verlust des Geldes für den Wald. Ich weiß, daß man ihn in Montparnasse, vor der Coupole, in seinem Automobil liegend entdeckt, daß er sterben will. Was nachher kam, weiß ich nicht mehr. Es ist schlechterdings unvorstellbar, was sie aus ihrem Schloß gemacht hat, und dies alles dem älteren Sohn zuliebe, der, ein Kind von fünfzig Jahren, nicht fähig ist, Geld zu verdienen. Sie kauft elektrische Brutapparate, sie stellt sie unten im großen Salon auf. Sie hat auf einen Streich sechshundert Küken, vierzig Quadratmeter Küken. Sie hatte sich bei der Einstellung der

Infrarotstrahler geirrt, nicht einem Küken gelang es, sich selbst zu ernähren. Alle sechshundert Küken haben einen Schnabel, der nicht paßt, der nicht schließt, sie krepieren alle vor Hunger, einen weiteren Versuch wird sie nicht mehr machen. Ich kam ins Schloß, als die Küken ausschlüpften, das war ein Fest. Wenig später geht von den toten Küken und ihrem Futter ein derartiger Gestank aus, daß ich nicht mehr im Schloß meiner Mutter essen kann, ohne mich zu übergeben.

Sie starb zwischen Dô und dem, den sie ihr Kind nannte, in ihrem geräumigen Zimmer im ersten Stock, wo sie die Schafe schlafen ließ, vier bis sechs Schafe, rund um ihr Bett, wenn draußen Frost war, während mehrerer Winter, der letzten.

Hier in diesem letzten Haus an der Loire, wo ihr ständiges Hin und Her ein Ende findet, wo alle Familiendinge zum Abschluß kommen, hier erkenne ich zum erstenmal eindeutig ihren Wahnsinn. Ich erkenne, daß meine Mutter eindeutig wahnsinnig ist. Ich erkenne, daß Dô und mein Bruder immer schon um diesen Wahnsinn wußten. Während ich ihn noch nie wahrgenommen hatte. Während ich meine Mutter nie im Zustand des Wahnsinns gesehen hatte. Sie war wahnsinnig. Von Geburt an. Sie hatte ihn im Blut. Ihr Wahnsinn machte sie nicht krank, sie lebte ihn, als gehörte er zur Gesundheit. Umgeben von Dô und dem älteren Sohn. Niemand außer ihnen ahnte etwas. Sie hatte immer viele Freunde gehabt, sie verkehrte mit manchen über Jahre und holte sich immer neue heran, oft sehr junge, unter den Ankömmlingen auf den Außenstationen oder später unter den Leuten aus der Touraine, unter denen es pensionierte Beamte aus den französischen Kolonien gab. Sie wußte die Leute festzuhalten, und dies in jedem Lebensalter, dank ihrer so lebhaften, so fröhlichen Intelligenz, wie es hieß, ihres unvergleichlichen Wesens, dessen man nie müde wurde.

Ich weiß nicht, wer das Foto der Verzweiflung aufgenommen hat. Im Hof des Hauses von Hanoi. Vielleicht mein Vater, ein letztes Mal. In wenigen Monaten wird man ihn aus Gesundheitsgründen nach Frankreich repatriieren. Zuvor wird er die Stelle wechseln, er wird nach Pnom-Penh berufen. Er wird dort einige Wochen bleiben. Er wird kaum ein Jahr danach sterben. Meine Mutter wird sich weigern, ihm nach Frankreich zu folgen, sie wird bleiben, wo sie ist, festgehalten. In Pnom-Penh. In dieser prächtigen Residenz mit Blick auf den Mekong, dem ehemaligen Palast des Königs von Kambodscha, inmitten dieses schrecklichen Parks von mehreren Hektar, in dem meine Mutter Angst hat. Nachts macht sie uns angst. Wir schlafen alle vier im selben Bett. Sie sagt, sie habe Angst vor der Nacht. Hier in dieser Residenz wird meine Mutter vom Tod meines Vaters erfahren. Sie wird es vor der Ankunft des Telegramms erfahren, am Tag zuvor, auf ein Zeichen hin, das nur sie zu sehen und zu hören verstand, durch diesen Vogel, der mitten in der Nacht gerufen hat, wie närrisch, verirrt ins Arbeitszimmer auf der Nordseite des Palastes, ins Arbeitszimmer meines Vaters. Dort ist sie auch, einige Tage vor dem Tod ihres Mannes, wiederum mitten in der Nacht, dem Bild ihres Vaters, ihres eigenen Vaters, begegnet. Sie macht Licht. Er ist da. Er steht neben dem

Tisch, aufrecht, in dem großen achteckigen Salon des Palastes. Er sieht sie an. Ich erinnere mich an ein Aufheulen, an einen Hilferuf. Sie weckte uns, sie erzählte uns die Geschichte, wie er gekleidet war, in seinem grauen Sonntagsanzug, wie er dastand, den Blick geradewegs auf sie gerichtet. Sie sagt: Ich habe ihn gerufen, wie damals, als ich klein war. Sie sagt: Ich habe keine Angst gehabt. Sie lief auf das entschwundene Bild zu. Die beiden starben am Tag und zur Stunde der Vögel, der Bilder. Daher wohl die Bewunderung, die wir für das Wissen unserer Mutter hatten in allen Bereichen, auch in denen des Todes.

Der elegante Mann ist aus der Limousine gestiegen, er raucht eine englische Zigarette. Er betrachtet das junge Mädchen mit dem Männerhut und den Goldschuhen. Er geht langsam auf sie zu. Man sieht, er ist verschüchtert. Er lächelt nicht, zunächst. Zunächst bietet er ihr eine Zigarette an. Seine Hand zittert. Es gibt diesen Rassenunterschied, er ist kein Weißer, er muß ihn überwinden, darum zittert er. Sie sagt ihm, sie rauche nicht, nein danke. Mehr sagt sie nicht, sie sagt nicht, lassen Sie mich in Ruhe. Da schwindet seine Angst. Da sagt er ihr, er glaube zu träumen. Sie antwortet nicht. Es lohnt nicht, zu antworten, was sollte sie antworten, sie wartet. Dann fragt er: Von wo kommen Sie denn? Sie sagt, sie sei die Tochter der Lehrerin der Mädchenschule von Sadec. Er denkt nach, und dann sagt er, er habe von dieser Dame, ihrer Mutter, gehört, von ihrem Pech mit dem Landkauf in Kambodscha, so ist es doch, nicht wahr? Ja, so ist es. Er wiederholt, er finde es wunderbar, sie auf dieser Fähre zu sehen. So früh am Morgen, ein so schönes junges Mädchen, Sie ahnen ja nicht, wie unerwartet das ist, ein weißes Mädchen in einem Eingeborenenbus.

Er sagt, der Hut stehe ihr gut, sehr gut sogar, das sei ... originell ... ein Männerhut, warum eigentlich nicht? Sie sei so hübsch, sie könne sich alles erlauben.

Sie sieht ihn an. Sie fragt ihn, wer er sei. Er sagt, er sei aus Paris zurückgekehrt, wo er studiert habe, auch er wohne in Sadec, direkt am Fluß, das große Haus mit den großen Terrassen und den blaugekachelten Balustraden. Sie fragt ihn, was er sei. Er sagt, er sei Chinese, seine Familie stamme aus Nordchina, aus Fou-Chouen. Erlauben Sie mir, Sie nach Saigon zu fahren? Sie ist einverstanden. Er sagt zum Chauffeur, er solle das Gepäck des jungen Mädchens aus dem Bus holen und im Auto verstauen.

Chinese. Er gehört zu jener Minderheit von Geschäftsleuten chinesischer Abstammung, die den gesamten Grundbesitz des Volkes in der Kolonie verwalten. Er ist derjenige, der an diesem Tag den Mekong in Richtung Saigon überquert hat.

Sie steigt in das schwarze Auto ein. Der Wagenschlag schließt sich. Eine kaum spürbare Angst ist plötzlich da, eine Mattheit, das Licht auf dem Fluß wird trüb, eine Spur nur. Eine sehr leichte Taubheit, ein Dunst, überall.

Ich werde nie mehr im Eingeborenenbus reisen. Von jetzt an werde ich eine Limousine haben, die mich ins Gymnasium bringt und zurück ins Pensionat. Ich werde in den elegantesten Lokalen der Stadt zu Abend speisen. Und ich werde immer alles bereuen, alles, was ich tue, alles, was ich lasse, alles, was ich nehme, das Gute wie das Schlechte, werde den Bus vermissen, den Busfahrer, mit dem ich lachte, die Betel kauenden alten Frauen auf den hinteren Plätzen, die Kinder in den Gepäcknetzen, die Familie in Sadec, die Schrecken der Familie in Sadec, ihr geniales Schweigen.

Er redete. Er sagte, er vermisse Paris, die reizenden Pariserinnen, die Gelage, die Vergnügungen, o ja, o ja, die Coupole, die Rotonde, die Rotonde ist mir lieber, die Nachtlokale, dieses »tolle« Leben, das er zwei Jahre lang geführt habe. Sie hörte zu, hellhörig für das, was das Thema des Reichtums berührte, was einen Hinweis auf die Anzahl der Millionen hätte geben können. Er erzählte weiter. Seine Mutter sei tot, er sei das einzige Kind. Nur der Vater sei ihm geblieben, der tatsächliche Besitzer des Geldes. Aber Sie wissen ja, was das heißt, er ist seit zehn Jahren an seine Opiumpfeife gekettet und starrt auf den Fluß, er verwaltet sein Vermögen von seinem Feldbett aus. Sie sagt, sie verstehe.

Er wird die Heirat seines Sohnes mit der kleinen weißen Prostituierten von Sadec ablehnen.

Das Bild beginnt, noch bevor er das weiße Kind an der Reling anspricht, in dem Augenblick, als er aus der schwarzen Limousine steigt, als er die ersten Schritte auf sie zu tut, und sie wußte, sie wußte, daß er Angst hatte.

Vom ersten Moment an weiß sie etwas in der Art, daß er ihr verfallen ist. Daß also auch andere bei Gelegenheit ihr verfallen könnten. Sie weiß auch etwas anderes, daß von nun an die Zeit gekommen ist, wo sie gewissen Verpflichtungen sich selbst gegenüber nicht mehr wird ausweichen können. Und daß weder die Mutter davon erfahren darf noch die Brüder, auch das weiß sie an diesem Tag. Kaum hat sie das schwarze Auto bestiegen, weiß sie es, zum erstenmal und für immer steht sie abseits von ihrer Familie. Von nun an sollen sie nicht mehr wissen, was mit ihr geschehen wird. Ob sie ihnen genommen, ob sie entführt, verletzt, verdorben wird, sie sollen es nicht mehr wissen. Weder die Mutter noch die Brüder. Das wird von nun an ihr Los sein. Schon in der schwarzen Limousine hätte sie darüber weinen mögen.

Das Kind wird von nun an mit diesem

Mann zu tun haben, dem ersten, dem, der auf der Fähre in Erscheinung getreten ist.

Es geschah sehr schnell an jenem Tag, einem Donnerstag. Er holte sie täglich vom Gymnasium ab, um sie ins Pensionat zurückzubringen. Und einmal kam er an einem Donnerstagnachmittag ins Pensionat. Er nahm sie mit im schwarzen Automobil.

Es ist in Cholen. Gegenüber den Boulevards, die das Chinesenviertel mit dem Zentrum von Saigon verbinden, diesen großen Straßen im amerikanischen Stil, durchfurcht von Straßenbahnen, Rikschas, Bussen. Es ist früh am Nachmittag. Sie ist dem vorgeschriebenen Spaziergang der Pensionatsschülerinnen entwischt.

Es ist eine Wohnung im Süden der Stadt. Modern, auf die Schnelle möbliert, würde man sagen, mit Möbeln im Modern style. Er sagt: Ich habe die Möbel nicht ausgesucht. Es ist dunkel in diesem Raum, sie bittet nicht, die Jalousien hochzuziehen. Sie ist ohne ein bestimmtes Gefühl, ohne Haß, auch ohne Abscheu, dann ist vermutlich schon Begehren im Spiel. Sie kennt es noch nicht. Sie hat sofort eingewilligt, mitzukommen, als er sie am Abend zuvor darum bat. Sie ist da, wo sie hingehört, hierherversetzt. Sie empfindet eine leichte Angst. Es scheint tatsächlich, daß dies nicht nur ihren Erwartungen entspricht, sondern dem, was genau in ihrem Fall geschehen muß. Sie nimmt sehr aufmerksam das Äußere der Dinge wahr, das Licht, den Lärm der Stadt, von dem das Zimmer überflutet wird. Er, er zittert. Er sieht sie zunächst an, als erwarte er, daß sie zu sprechen beginne, aber sie sagt nichts. Also rührt auch er sich nicht, er zieht sie nicht aus, er sagt, er liebe sie wie wahnsinnig, er sagt es ganz leise. Dann schweigt er. Sie erwidert nichts. Sie könnte erwidern, daß sie ihn nicht liebe. Sie sagt nichts. Plötzlich weiß sie, jetzt, in diesem Augenblick, weiß sie, daß er sie nicht versteht, daß er sie nie verstehen wird, daß er außerstande ist, solche Verderbtheit zu verstehen. Und all die Umwege zu machen, um sie einzuholen, das schafft er nie. Sie muß es wissen. Sie weiß es. Angesichts seiner Unwissenheit weiß sie plötzlich: Er hat ihr schon auf der Fähre gefallen. Er gefällt ihr, die Sache hing einzig und allein von ihr ab.

Sie sagt zu ihm: Ich würde es vorziehen, wenn Sie mich nicht liebten. Doch selbst wenn Sie mich lieben, möchte ich, daß Sie tun, was Sie üblicherweise mit Frauen tun. Er sieht sie entsetzt an, er fragt: Ist es das, was Sie wollen? Sie sagt ja. Hier in diesem Zimmer hat er zu leiden begonnen, zum erstenmal, er leugnete es nicht mehr. Er sagt ihr, er wisse bereits, daß sie ihn nie lieben werde. Sie läßt es ihn aussprechen. Zuerst sagt sie, sie wisse es nicht. Dann läßt sie es ihn aussprechen.

Er sagt, er sei allein, auf grausame Weise allein mit seiner Liebe zu ihr. Sie sagt ihm, auch sie sei allein. Sie sagt nicht womit. Er sagt: Sie sind mir hierher gefolgt, wie Sie irgend jemandem gefolgt wären. Sie antwortet, das könne sie nicht wissen, sie sei noch nie jemandem in ein Zimmer gefolgt. Sie sagt, sie wolle nicht, daß er mit ihr rede, sie wolle, daß er tue, was er üblicherweise mit Frauen tut, die er in seine Wohnung mitnimmt. Sie fleht ihn an, es so zu tun.

Er hat ihr das Kleid vom Leib gerissen, er wirft es zu Boden, er reißt den kleinen weißen Baumwollslip weg und trägt sie nackt zum Bett. Und dann dreht er sich zur anderen Bettseite und weint. Und sie, langsam, geduldig, holt ihn zu sich zurück und beginnt ihn auszukleiden. Mit geschlossenen Augen tut sie es. Langsam. Er schickt sich an, ihr zu helfen. Sie bittet ihn, es nicht zu tun. Laß mich machen. Sie sagt, sie wolle es tun. Sie tut es. Sie zieht ihn aus. Als sie ihn darum bittet, verändert er die Lage seines Körpers im Bett, doch sachte, leicht, wie um sie nicht zu wecken.

Seine Haut ist von prachtvoller Zartheit. Der Körper. Der Körper ist mager, kraftlos, ohne Muskeln, er könnte krank gewesen sein, nun auf dem Wege der Genesung, er ist unbehaart, ohne ein Zeichen von Männlichkeit mit Ausnahme des Geschlechts, er ist sehr schwach, er scheint der Willkür von Kränkungen ausgeliefert zu sein, leidend. Sie sieht ihm nicht ins Gesicht. Sie sieht ihn nicht an. Sie berührt ihn. Sie berührt die Zartheit seines Geschlechts, seiner Haut, sie liebkost seine goldgelbe Farbe, das unbekannte Neuland. Er stöhnt, er weint. Er ist in einer erbärmlichen Liebe.

Und weinend tut er es. Zuerst ist der

Schmerz da. Dann wird dieser Schmerz genommen, wird umgewandelt, langsam herausgerissen, der Lust zugeführt, mit ihr vereint.

Das Meer, formlos, einfach unvergleichlich.

Auf der Fähre schon, vor seiner Zeit, hätte also das Bild an diesem Augenblick teilgehabt.

Das Bild der Frau mit den gestopften Strümpfen hat das Zimmer durchquert. Sie erscheint endlich als Kind. Die Söhne wußten es schon. Die Tochter noch nicht. Sie werden nie miteinander über die Mutter sprechen, über das, was ihnen bekannt ist und was sie von ihr trennt, über dieses entscheidende, letzte Wissen, das Wissen um die Kindheit der Mutter.

Die Mutter hat die Lust nicht gekannt.

Ich wußte nicht, daß man dabei blutet. Er fragt, ob es mir weh getan habe, ich sage nein, er sagt, daß er glücklich darüber sei. Er wischt das Blut ab, er wäscht mich. Ich schaue ihm zu. Unmerklich kommt er zurück, wird wieder begehrenswert. Ich frage mich, woher ich die Kraft gehabt habe, mich dem von meiner Mutter verhängten Verbot zu widersetzen. Mit solcher Ruhe, solcher Entschiedenheit. Wie ich es fertiggebracht habe, »die Idee bis zum Äußersten zu treiben«.

Wir sehen uns an. Er umarmt meinen Körper. Er fragt mich, warum ich gekommen sei. Ich sage, ich hätte es tun müssen, es sei wie eine Verpflichtung gewesen. Zum erstenmal reden wir miteinander. Ich spreche von meinen beiden Brüdern. Ich sage, daß wir kein Geld haben. Nichts mehr. Er kennt den älteren Bruder, er ist ihm in den Opiumhöhlen der Station begegnet. Ich sage, daß dieser Bruder meine Mutter bestiehlt, um rauchen zu können, daß er die Dienstboten bestiehlt und daß machmal die Besitzer der Opiumhöhlen kommen, um Geld von meiner Mutter zu verlangen. Ich erzähle ihm von den Ländereien am Damm. Ich sage, daß meine Mutter bald sterben werde, es könne nicht mehr lange dauern. Daß, was mir heute widerfahren sei, im Zusammenhang stehe mit dem nahen Tod meiner Mutter.

Ich werde gewahr, daß ich ihn begehre.

Er bedauert mich, ich sage nein, ich sei nicht bedauernswert, niemand sei es außer meiner Mutter. Er sagt mir: Du bist gekommen, weil ich Geld habe. Ich sage, ich begehrte ihn so, mit seinem Geld, schon als ich ihn das erstemal gesehen hätte, sei er mit diesem Auto, mit diesem Geld verbunden gewesen, und ich könne deshalb nicht wissen, was ich getan hätte, wäre es anders gewesen. Er sagt: Ich möchte dich mitnehmen, verreisen mit dir. Ich sage, noch könne ich meine Mutter nicht verlassen, ohne vor Kummer zu sterben. Er sagt, er habe wahrhaftig kein Glück mit mir, er wolle mir aber trotzdem Geld geben, ich solle unbesorgt sein. Er hat sich wieder hingelegt. Wieder schweigen wir.

Der Lärm der Stadt ist sehr laut, in der Erinnerung ist er wie der zu laut eingestellte Ton eines Films, ohrenbetäubend. Ich erinnere mich genau, das Zimmer ist dunkel, wir reden nicht, es ist umgeben vom anhaltenden Tosen der Stadt, einbezogen in die Stadt, in das Gedröhn der Stadt. An den Fenstern gibt es keine Scheiben, nur Stores und Jalousien. Auf den Vorhängen sieht man die Schatten der Leute, die in der

Sonne auf dem Gehsteig vorübergehen. Diese Menschenmengen sind immer gewaltig. Die Schatten sind gleichmäßig gestreift durch die Sprossen der Jalousien. Das Klappern der Holzschuhe hämmert gegen den Kopf, die Stimmen sind gellend, Chinesisch ist eine Sprache, die geschrien wird, so wie ich mir immer die Wüstensprache vorstelle, es ist eine unglaublich fremde Sprache.

Draußen geht der Tag zur Neige, man hört es am Lärm der Stimmen und der immer zahlreicher werdenden, immer heftiger sich vermischenden Schritte. Es ist ein Vergnügungsviertel, das seinen Höhepunkt in der Nacht erlebt. Und die Nacht beginnt jetzt mit dem Sonnenuntergang.

Das Bett ist von der Stadt durch das Gitter der Jalousien, durch den Baumwollvorhang getrennt. Kein festes Material trennt uns von den anderen. Die anderen wissen nichts von unserer Existenz. Wir aber nehmen etwas von der ihren wahr, die Gesamtheit ihrer Stimmen, ihrer Bewegungen, wie eine Sirene, die einen gebrochenen Heulton ausstößt, kläglich, echolos.

Gerüche von Karamel dringen ins Zimmer, von gerösteten Erdnüssen, chinesi-

schen Suppen, gebratenem Fleisch, von
Kräutern, Jasmin, Staub, von Weihrauch
und Holzkohlenfeuer, das Feuer wird hier
in Körben umhergetragen, es wird auf der
Straße verkauft, der Geruch der Stadt ist
der Geruch der Dörfer im Busch, im Wald.

Plötzlich erblickte ich ihn in einem schwarzen Bademantel. Er saß da, er trank einen Whisky, er rauchte.

Er sagte, ich hätte geschlafen, er habe geduscht. Ich hatte das Nahen des Schlafs kaum gespürt. Er zündete eine Lampe an auf einem niedrigen Tisch.

Das ist ein Mann mit Gewohnheiten, denke ich mit einemmal, er kommt vermutlich recht häufig in dieses Zimmer, ein Mann, der ausgiebig lieben muß, das ist ein Mann, der Angst hat, er muß ausgiebig lieben, um seine Angst zu bekämpfen. Ich sage ihm, die Vorstellung gefalle mir, daß er viele Frauen habe und ich eine von ihnen sei, ununterscheidbar. Wir sehen uns an. Er versteht, was ich da gesagt habe. Plötzlich dieser andere Blick, fremd, verfangen in Schmerz, in Tod.

Ich sage ihm, er solle kommen, solle

mich von neuem nehmen. Er kommt. Er duftet nach englischen Zigaretten, nach teurem Parfüm, er duftet nach Honig, seine Haut hat zwangsläufig den Geruch von Seide angenommen, den würzigen Geruch von Tussahseide, von Gold, er ist begehrenswert. Ich sage zu ihm, daß ich ihn begehre. Er sagt, ich solle noch warten. Er redet, er sagt, er habe sofort, schon bei der Überquerung des Flusses, gewußt, daß ich so sein würde nach meinem ersten Liebhaber, daß ich die Liebe lieben würde, er sagt, er wisse bereits, daß ich ihn betrügen, daß ich alle Männer, mit denen ich zusammenkäme, betrügen würde. Er sagt, was ihn angehe, so sei er das Instrument seines eigenen Unglücks. Ich bin glücklich über alles, was er mir prophezeit, und ich sage es ihm. Er wird brutal, seine Stimmung ist verzweifelt, er wirft sich auf mich, er verschlingt die Kinderbrüste, er schreit, er flucht. Das Lustgefühl ist so groß, daß ich die Augen schließe. Ich denke: Er ist es gewohnt, das ist die Beschäftigung seines Lebens, die Liebe, nur das. Seine Hände sind geübt, wunderbar, vollkommen. Ich habe großes Glück, das ist mir klar, er beherrscht es wie einen Beruf, weiß, ohne es zu wissen, weiß, was zu tun ist, was gesagt sein muß. Er nennt mich Hure, Miststück, er sagt, ich sei seine einzige Liebe, und das ist es, was er sagen muß und was man sagt, wenn man die Worte sich selbst überläßt, wenn man den Körper sich selbst überläßt, ihn finden und nehmen läßt, wonach ihn verlangt, und dann ist alles gut, es gibt keinen Verlust, die Verluste sind gedeckt, alles stürzt in den Strudel, in die Gewalt der Begierde.

Der Lärm der Stadt ist so greifbar nah, daß man hört, wie er ans Holz der Jalousien schlägt. Es dröhnt, als gehe die Menschenmenge durchs Zimmer. Ich liebkose seinen Körper in diesem Lärm der durchziehenden Menge. Das Meer, die Unendlichkeit, die sich formt, sich entfernt, zurückkehrt.
   Ich hatte ihn gebeten, es wieder und wieder zu tun. Es mir zu tun. Er hat es getan. Er hat es getan im Seim des Bluts. Und das war zum Sterben schön. Zum Sterben.

Er zündete eine Zigarette an und gab sie mir. Und sprach ganz leise nah an meinem Mund. Auch ich sprach ganz leise zu ihm.

Weil er es selber nicht kann, sage ich es für ihn, an seiner Statt, weil er selber nicht weiß, daß er eine höhere Eleganz in sich hat, sage ich es für ihn.

Jetzt kommt der Abend. Er sagt mir, ich würde mich mein Leben lang an diesen Nachmittag erinnern, selbst wenn ich sein Gesicht, seinen Namen vergessen habe. Ich frage ihn, ob ich mich an das Haus erinnern werde. Er sagt: Schau es dir genau an. Ich schaue es an. Ich sage, es ist wie überall. Er sagt, das stimmt, wie immer.

Noch sehe ich sein Gesicht vor mir, und ich erinnere mich an seinen Namen. Noch sehe ich die weißgetünchten Wände, die Stores, die der Gluthitze ausgesetzt sind, die bogenförmige Tür, die ins andere Zimmer führt und in einen Garten unter freiem Himmel – die Pflanzen sind von der Hitze verdorrt –, eingefaßt von blauen Balustraden wie die große Villa in Sadec mit ihren stufenweise angelegten Terrassen über dem Mekong.

Es ist ein Ort des Elends, des Scheiterns. Er bittet mich, zu sagen, woran ich denke.

Ich sage ihm, daß ich an meine Mutter denke, daß sie mich umbringen wird, wenn sie die Wahrheit erfährt. Ich sehe, wie er sich überwindet, bis er schließlich sagt, sagt, daß er verstehe, was meine Mutter meint, sagt: Diese Schande. Er sagt, er könnte den Gedanken daran nicht ertragen im Fall einer Heirat. Ich sehe ihn an. Auch er sieht mich an, er entschuldigt sich voller Stolz. Er sagt: Ich bin Chinese. Wir lächeln uns an. Ich frage ihn, ob es üblich sei, so traurig zu sein wie wir. Er sagt, das komme daher, daß wir uns den Tag über geliebt haben, in der Zeit der größten Hitze. Er sagt, es sei immer schrecklich danach. Er lächelt. Er sagt: Ob man sich liebt oder nicht liebt, es ist immer schrecklich. Er sagt, mit der Nacht werde es vergehen, sobald sie da sei. Ich sage, es komme nicht allein daher, daß es tagsüber gewesen sei, er irre sich; ich befände mich in einer Trauer, die ich erwartet hätte, und sie komme einzig aus mir. Ich sei immer traurig gewesen. Ich sähe diese Trauer auch auf den Fotos, auf denen ich noch klein sei. Heute könne ich dieser Traurigkeit, die ich als diejenige erkannt hätte, die immer schon zu mir gehört habe, geradezu meinen Namen geben, so sehr gleiche sie mir. Heute, sage ich, sei diese Traurigkeit eine Wohltat, da ich endlich in das Unglück gestürzt sei, das meine Mutter mir seit jeher prophezeie, wenn sie in der Ödnis ihres Lebens aufheult. Ich sage zu ihm: Ich verstehe nie genau, was sie sagt, doch ich weiß, daß es dieses Zimmer ist, das ich erwartet habe. Ich rede, ohne eine Antwort zu erwarten. Ich sage ihm, daß meine Mutter hinausschreit, woran sie glaubt, so wie die Botschafter Gottes glauben. Sie schreit, man dürfe nichts erwarten, nie, weder von irgendeiner Person noch von irgendeinem Staat noch von irgendeinem Gott. Er sieht zu, wie ich rede, er läßt mich nicht aus den Augen, er sieht meinen Mund an, wenn ich rede, ich bin nackt, er streichelt mich, vielleicht hört er gar nicht zu, ich weiß es nicht. Ich sage ihm, daß ich aus dem Unglück, in dem ich mich befinde, kein persönliches Drama mache. Ich erzähle ihm, wie schwierig es sei, allein Essen und Kleidung zu beschaffen, nur mit dem Gehalt meiner Mutter über die Runden zu kommen. Das Reden fällt mir immer schwerer. Er sagt: Wie habt ihr es denn gemacht?

Ich sage, jeder befinde sich draußen, die Armut habe die Mauern der Familie zum Einsturz gebracht, alle seien draußen gelandet, seien frei, zu tun, was sie wollten. Verwahrlost seien wir. So hat es mich hierher zu dir verschlagen. Er liegt auf mir, er dringt wieder ein. Wir verharren so, ineinander verkrallt, und stöhnen im Lärm der Stadt, der draußen noch immer tost. Wir hören ihn noch. Und dann hören wir ihn nicht mehr.

Die Küsse auf dem Körper bringen mich zum Weinen. Man könnte glauben, sie haben etwas Tröstliches. Im Kreis der Familie weine ich nicht. An diesem Tag in diesem Zimmer trösten mich die Tränen über die Vergangenheit und auch über die Zukunft hinweg. Ich sage ihm, ich würde mich einmal von meiner Mutter trennen, ich würde eines Tages selbst für meine Mutter keine Liebe mehr empfinden. Ich weine. Er legt seinen Kopf auf mich, und er weint, weil er mich weinen sieht. Ich sage ihm, daß in meiner Kindheit das Unglück meiner Mutter den Platz des Traums eingenommen habe. Der Traum, das sei meine Mutter gewesen und nie die Weihnachtsbäume, nein, immer nur sie, die vom Elend Geschundene, die in jedem Zustand ihre Stimme in der Wüste erhebt, die, die das Essen beschafft oder endlos erzählt, was ihr, Marie Legrand de Roubaix, zugestoßen sei, die von ihrer Unschuld, von ihren Ersparnissen, von ihrer Hoffnung spricht.

Durch die Jalousien ist der Abend gekommen. Das Getöse hat zugenommen. Es ist heller, weniger dumpf. Die Straßenlaternen mit den rötlich glühenden Birnen sind angegangen.
Wir haben die Wohnung verlassen. Ich habe den Männerhut mit dem schwarzen Band wieder aufgesetzt, die Goldschuhe, das Seidenkleid angezogen, die Lippen tiefrot geschminkt. Ich bin älter geworden. Plötzlich weiß ich es. Er sieht es, er sagt: Du bist müde. Auf dem Gehsteig das lärmende Volk, es strebt in alle Richtungen, langsam oder lebhaft, es bahnt sich Wege, räudig wie die herrenlosen Hunde, blind wie die Bettler, eine chinesische Menge, ich erkenne sie noch auf den Bildern des Wohlstands von heute, an der Art, wie sich die Leute fortbewegen, ohne die geringste Un-

geduld, wie sie sich im Gedränge gleichsam allein fühlen, glücklos, möchte man sagen, ohne Trauer, ohne Neugier, als gingen sie gar nicht, als wollten sie nicht gehen, nur weiterkommen, hier und nicht dort, allein und in der Menge, nie allein mit sich, nur allein in der Menge.

Wir gehen in eines dieser mehrstöckigen chinesischen Restaurants, die ganze Gebäude einnehmen, groß wie Warenhäuser, wie Kasernen, sie öffnen sich zur Stadt hin mit Balkonen, Terrassen. Der Lärm, der aus diesen Gebäuden kommt, ist in Europa unvorstellbar, es ist das Geschrei der Kellner, die die Bestellungen durchgeben, und das des Küchenpersonals, das sie schreiend wiederholt. Niemand unterhält sich in diesen Restaurants. Auf den Terrassen spielen chinesische Kapellen. Wir gehen ins ruhigste Stockwerk, in das der Europäer, die Gerichte sind die gleichen, aber es wird weniger geschrien. Es gibt Ventilatoren und dicke Tapetenbehänge gegen den Lärm.

Ich bitte ihn, mir zu sagen, welcher Art der Reichtum seines Vaters sei. Er sagt, über Geld zu reden langweile ihn, doch wenn mir daran liege, erzähle er mir gern, was er über das Vermögen seines Vaters wisse. Alles hat in Cholen begonnen, mit den Behausungen für Einheimische. Er hat dreihundert davon bauen lassen. Mehrere Straßen gehören ihm. Er spricht französisch mit einem leicht übertriebenen Pariser Akzent, er spricht über Geld mit natürlicher Offenheit. Sein Vater habe mehrere Häuser verkauft, um Bauland im Süden von Cholen zu erwerben. Auch Reisfelder, so glaube er, seien verkauft worden, in Sadec. Ich frage nach den Epidemien. Ich sage, ich hätte ganze Wohnstraßen gesehen, die tagelang abgesperrt gewesen seien, mit verriegelten Türen und Fenstern, wegen der Pestepidemie. Er sagt, hier gebe es weniger Epidemien, die Rattenvertilgungen seien viel zahlreicher als im Busch. Plötzlich erzählt er mir des langen und breiten über die Behausungen. Die Kosten seien weit geringer als für Wohnungen in Mietshäusern oder für individuelle Wohnstätten und sie entsprächen den Erfordernissen einheimischer Quartiere weit mehr als die getrennten Unterkünfte. Die hiesige Bevölkerung lebe gern zusammen, vor allem die arme Bevölkerung, sie komme vom Land, sie lebe gern im Freien, auf der Straße. Man dürfe die Gewohnheiten der Armen nicht zerstören. Sein Vater habe soeben eine ganze Reihe von Behausungen errichten lassen mit gedeckten Galerien zur Straße hin. Das mache die Straßen sehr hell, sehr einladend. Die Leute verbrächten ihre Tage auf diesen Außengalerien. Dort schliefen sie auch, wenn es sehr heiß sei. Ich sage ihm, auch ich hätte gern auf einer Außengalerie gewohnt, als Kind sei es mir ideal vorgekommen, im Freien zu schlafen. Plötzlich spüre ich einen Schmerz. Einen leichten, kaum merklichen Schmerz. Das Klopfen des Herzens hat sich dorthin verlagert, in die empfindliche frische Wunde, die er mir zugefügt hat, er, der da zu mir spricht, der mir die Lust verschafft hat an diesem Nachmittag. Ich höre nicht mehr, was er sagt, ich höre nicht mehr zu. Er sieht es, schweigt. Ich sage ihm, er solle weitersprechen. Er tut es. Ich höre wieder zu. Er sagt, er denke oft an Paris. Er findet, ich unterscheide mich sehr von den Pariserinnen, ich sei viel weniger nett. Ich sage, das Geschäft mit den Behausungen könne so einträglich nicht sein. Er antwortet mir nicht mehr.

Während unserer ganzen Geschichte, während anderthalb Jahren, werden wir so miteinander reden, wir werden nie über uns reden. Von den ersten Tagen an wissen wir, daß eine gemeinsame Zukunft nicht in Betracht kommt, also reden wir nicht über die Zukunft, wir führen gleichsam journalistische Gespräche, teils von gegensätzlichen Positionen aus, teils übereinstimmend.

Ich sage, daß der Aufenthalt in Frankreich für ihn verhängnisvoll gewesen sei. Er gibt es zu. Er sagt, er habe sich in Paris alles mit Geld erkauft, seine Frauen, seine Kenntnisse, seine Ideen. Er ist zwölf Jahre älter als ich, und das macht ihm angst. Ich höre zu, wie er spricht, wie er sich irrt, wie er mich liebt, mit einer gewissen Theatralik, die zugleich formelhaft und echt ist.

Ich sage ihm, daß ich ihn meiner Familie vorstellen werde, er will auf und davon, und ich lache.

Er kann seine Gefühle nur parodistisch ausdrücken. Ich erkenne, daß er nicht die Kraft hat, mich gegen den Willen seines Vaters zu lieben, mich zu nehmen, mich mitzunehmen. Er weint oft, weil er nicht die

Kraft aufbringt, über die Angst hinaus zu lieben. Sein Heldentum, das bin ich, seine Unterwürfigkeit ist das Geld seines Vaters.

Kaum spreche ich von meinen Brüdern, befällt ihn auch schon diese Angst, als habe man ihn entlarvt. Er glaubt, alle um mich herum erwarteten einen Heiratsantrag. Er weiß, daß er in den Augen meiner Familie bereits verloren ist, sich nur noch immer weiter verlieren und so auch mich verlieren muß.

Er sagt, er sei nach Paris gegangen, um eine Handelsschule zu besuchen, er gesteht endlich die Wahrheit: er habe nichts getan, sein Vater habe ihm die Mittel gestrichen, ihm die Rückfahrkarte geschickt, er habe Frankreich verlassen müssen. Diese Rückkehr sei seine Tragödie. Er habe die Handelsschule nicht beendet. Er sagt, er habe vor, sie von hier aus mit Fernkursen zu beenden.

Die Begegnungen mit meiner Familie begannen mit großartigen Essen in Cholen. Sooft meine Mutter und meine Brüder nach Saigon kommen, sage ich ihm, er solle sie in die großen chinesischen Restaurants einladen, die sie nicht kennen, in denen sie noch nie gewesen sind.

Diese Abende verlaufen alle auf die gleiche Weise. Meine Brüder schlagen sich die Bäuche voll und richten kein Wort an ihn. Sie sehen ihn nicht einmal an. Sie könnten es auch gar nicht. Denn könnten sie sich überwinden, ihn anzuschauen, würden sie auch lernen, sich den elementaren Regeln des gesellschaftlichen Lebens zu beugen. Während dieser Essen spricht nur meine Mutter, sie spricht sehr wenig, vor allem in der ersten Zeit, sie macht einige Bemerkungen zu den Gerichten, die aufgetragen werden, zu den übermäßigen Preisen, und dann schweigt sie. Er seinerseits stürzt sich die ersten beiden Male kopfüber hinein, versucht es mit der Erzählung von seinen Pariser Heldentaten, doch umsonst. Es ist, als habe er gar nichts gesagt, als würde er gar nicht gehört. Sein Versuch endet im Schweigen. Meine Brüder schlagen sich immer noch die Bäuche voll. Sie essen mit einer Gier, mit der ich noch nirgendwo jemanden habe essen sehen.

Er zahlt. Er zählt das Geld. Er legt es auf den Teller. Alle sehen zu. Das erstemal, ich erinnere mich, zählt er siebenundsiebzig Piaster ab. Meine Mutter ist einem Lachkrampf nahe. Man erhebt sich, schickt sich zum Gehen an. Kein Dank, von niemandem. Man sagt nie danke für das gute Abendessen, weder guten Tag noch auf Wiedersehen noch wie geht's, man sagt sich nie ein Wort.

Meine Brüder werden nie das Wort an ihn richten. Als sei er unsichtbar, als fehle ihm die Konsistenz, um von ihnen wahrgenommen, gesehen, gehört zu werden. Und zwar deshalb, weil er mir zu Füßen liegt, weil vorausgesetzt wird, daß ich ihn nicht liebe, daß ich wegen des Geldes mit ihm zusammen bin, daß ich ihn nicht lieben kann, daß dies unmöglich ist, daß er alles von mir erdulden würde, ohne in seiner Liebe nachzulassen. Und dies, weil er ein Chinese ist, weil er kein Weißer ist. Die Art, wie dieser ältere Bruder schweigt, wie er die Existenz meines Liebhabers leugnet, gründet auf einer solchen Überzeugtheit, daß sie schon beispielhaft ist. Wir nehmen uns alle den älteren Bruder zum Vorbild. Selbst ich rede, wenn die anderen dabei sind, nicht mit ihm. In Gegenwart meiner

Familie darf ich nie das Wort an ihn richten. Außer natürlich, wenn ich ihm etwas von ihnen zu übermitteln habe. Zum Beispiel nach dem Abendessen, wenn mir meine Brüder sagen, sie wollen in die »Quelle« gehen, zum Trinken und Tanzen, so bin ich es, die ihm sagt, sie wollen in die »Quelle« gehen, zum Trinken und Tanzen. Zuerst tut er so, als habe er es nicht gehört. Und ich, ich darf der Logik meines älteren Bruders zufolge nicht wiederholen, was ich gesagt habe, darf meine Bitte nicht erneuern, wenn ich es täte, wäre es ein Verstoß und ich setzte mich seiner Kritik aus. Schließlich antwortet er mir. Mit leiser Stimme, die sich vertraut gibt, sagt er, daß er gerne einen Augenblick mit mir allein wäre. Er sagt es, um die Qual zu beenden. Da muß ich so tun, als ob ich dies mißverstünde als weiteren Hinterhalt, als ob er die Schläge parieren, das Benehmen meines älteren Bruders ihm gegenüber entlarven wollte, und ich darf ihm nicht antworten. Er fährt fort, er wagt zu sagen: Ihre Mutter ist müde, sehen Sie doch. Unsere Mutter schläft tatsächlich fast ein nach dem sagenhaften Abendessen der Chinesen von Cholen. Ich antworte nicht. Da höre ich die Stimme meines älteren Bruders, seine Worte sind kurz, schneidend, endgültig. Meine Mutter pflegte von ihm zu sagen: Von den dreien ist er es, der am besten redet. Nachdem er den Satz ausgesprochen hat, wartet er. Alle sind wie versteinert; ich erkenne die Angst meines Liebhabers, es ist die Angst meines kleinen Bruders. Er widersetzt sich nicht mehr. Wir gehen in die »Quelle«. Auch meine Mutter geht in die »Quelle«, sie wird in der »Quelle« einschlafen.

In Gegenwart meines älteren Bruders hört er auf, mein Liebhaber zu sein. Er hört zwar nicht auf zu existieren, doch er bedeutet mir nichts mehr. Er löst sich in nichts auf. Mein Begehren gehorcht dem älteren Bruder, er weist meinen Liebhaber zurück. Jedesmal wenn ich sie zusammen sehe, glaube ich den Anblick nicht mehr ertragen zu können. Dabei betrifft die Ablehnung meines Liebhabers ausgerechnet seinen schwächlichen Körper, diese Schwächlichkeit, die mir solche Lust bereitet. In Gegenwart meines Bruders wird er zum unannehmbaren Ärgernis, zu einer Ursache der Scham, die es zu verbergen gilt. Ich komme gegen die stummen Befehle meines Bruders nicht an. Außer wenn es um meinen kleinen Bruder geht. Wenn es um meinen Liebhaber geht, bin ich mir selbst gegenüber machtlos. Während ich jetzt darüber rede, ersteht vor mir der heuchlerische Gesichtsausdruck, die Zerstreutheit eines Menschen, der wegsieht, der anderes denkt, der aber nichtsdestoweniger – man sieht es am zusammengepreßten Kiefer – verbittert ist und leidet, daß es dieser ganzen Niedertracht bedarf, nur um in einem teuren Restaurant gut zu speisen, was ja eigentlich selbstverständlich sein müßte. Die Erinnerung umgibt das fahle Licht der Nacht des Jägers. Ein gellender Schreckenslaut, ein Kinderschrei.

Auch in der »Quelle« spricht niemand mit ihm.

Alle bestellen einen Martel Perrier. Meine Brüder trinken sofort aus und bestellen einen zweiten. Meine Mutter und ich geben unsere Gläser an sie weiter. Meine Brüder sind sehr schnell betrunken. Sie sprechen noch immer nicht mit ihm, fangen aber an, Vorwürfe zu machen. Vor allem der kleine Bruder. Er beklagt sich, daß der Ort trübsinnig sei und daß es keine Animierdamen gebe. Unter der Woche ist die »Quelle« wenig besucht. Mit ihm, mit meinem kleinen Bruder, tanze ich. Ich tanze auch mit meinem Liebhaber. Ich tanze nie mit meinem älteren Bruder, ich habe nie mit ihm getanzt. Immer von der verwirrenden Ahnung einer Gefahr abgehalten, der Gefahr jener verhexenden Anziehung, die er auf alle ausübt, der Gefahr vor der Berührung unserer Körper.

Wir gleichen uns ganz auffallend, besonders im Gesicht.

Der Chinese von Cholen spricht zu mir, er ist den Tränen nahe, er sagt: Was habe ich ihnen bloß angetan. Ich sage ihm, er solle sich nicht aufregen, es sei immer so, auch unter uns, in allen Lebensumständen.

Ich werde es ihm erklären, sobald wir in der Wohnung sind. Ich sage, die kühle, verletzende Heftigkeit meines älteren Bruders begleite alles, was uns zustößt, was uns widerfährt. Seine erste Regung sei es, zu töten, Leben auszulöschen, über Leben zu verfügen, zu verachten, zu verjagen, zu quälen. Ich sage, er brauche keine Angst zu haben. Ihm könne nichts passieren. Denn der einzige Mensch, den der ältere Bruder fürchte, von dem er sich merkwürdigerweise einschüchtern lasse, sei ich.

Nie guten Tag, guten Abend, ein gutes neues Jahr. Nie danke. Nie ein Gespräch. Nie das Bedürfnis zu reden. Alles bleibt stumm, fern. Eine Familie aus Stein, versteinert bis zur Undurchdringlichkeit, unzugänglich. Tag für Tag versuchen wir einander umzubringen. Nicht nur, daß wir nicht miteinander reden, wir schauen uns nicht einmal an. Sobald man gesehen wird, darf man nicht mehr anschauen. Anschauen bedeutet Neugier zeigen, anschauen bedeutet Schwäche. Kein Mensch, der angesehen wird, verdient den auf ihn gerichteten Blick. Er ist immer entehrend. Das Wort Gespräch ist verbannt. Ich glaube, dieses Wort drückt hier am besten die Scham und den Hochmut aus. Jede Gemeinschaft, ob familiär oder nicht, ist für uns hassenswert, erniedrigend. Wir sind vereint in der grundsätzlichen Scham, das Leben leben zu müssen. Hier haben wir den tiefsten Grund unserer gemeinsamen Geschichte erreicht, die darin besteht, daß wir alle drei Kinder dieser ehrlichen Person, unserer Mutter, sind, die von der Gesellschaft ermordet wurde. Wir sind auf seiten der Gesellschaft, die meine Mutter in die Verzweiflung getrieben hat. Wegen allem, was wir unserer so liebenswerten, so vertrauensvollen Mutter angetan haben, hassen wir das Leben, hassen wir uns.

Unsere Mutter ahnte nicht, was der Anblick ihrer Verzweiflung in uns bewirken würde, ich spreche vor allem von den Jungen, den Söhnen. Doch selbst wenn sie es geahnt hätte, wie hätte sie verschweigen können, was ihre eigentliche Geschichte ausmachte? Wie hätte sie ihr Gesicht, ihren Blick, ihre Stimme verstellen können, ihre Liebe verleugnen? Sie hätte sterben können. Sich das Leben nehmen. Die nicht lebbare Gemeinschaft auflösen. Hätte dafür sorgen können, daß der Älteste von den beiden Jüngeren getrennt wird. Sie hat es nicht getan. Sie war unvorsichtig, inkonsequent, unverantwortlich. All das war sie. Sie hat gelebt. Wir haben sie alle drei über die Maßen geliebt. Gerade weil sie es nicht gekonnt hätte, weil sie nicht hat schweigen, verheimlichen, lügen können; so verschieden wir drei auch waren, wir haben sie alle auf die gleiche Weise geliebt.

Es hat lange gedauert. Sieben Jahre lang. Es hat angefangen, als wir zehn Jahre alt waren. Und dann sind wir zwölf gewesen. Und dann dreizehn. Und dann vierzehn, fünfzehn. Und dann sechzehn, siebzehn.

Es hat diese ganze Zeit über gedauert, sieben Jahre. Und dann endlich ist die Hoffnung begraben worden. Aufgegeben. Aufgegeben auch die Maßnahmen gegen den Ozean. Im Schatten der Veranda betrachten wir die Bergkette von Siam, sehr dunkel im Sonnenlicht, fast schwarz. Die Mutter ist endlich ruhig, verschlossen. Wir sind heldenhafte Kinder, verzweifelte.

Der kleine Bruder starb im Dezember 1942 während der japanischen Okkupation. Ich hatte Saigon nach dem Abitur 1931 verlassen. In diesen zehn Jahren schrieb er mir nur ein einziges Mal. Ohne daß ich je erfahren werde, warum. Der Brief war konventionell, ins reine geschrieben, fehlerfrei, kalligraphisch. Er sagte, es gehe ihnen gut, in der Schule komme er voran. Es war ein langer Brief von zwei vollen Seiten. Ich erkannte seine Kinderschrift wieder. Er schrieb auch, er habe eine Wohnung, einen Wagen, er nannte die Marke. Er habe wieder mit Tennis angefangen. Es gehe ihm gut, alles sei in bester Ordnung. Er umarme mich in Liebe, ganz fest. Er schrieb weder über den Krieg noch über unseren älteren Bruder.

Ich spreche oft von meinen Brüdern wie von einem Ganzen, so wie sie es tat, unsere Mutter. Ich sage: Meine Brüder, auch sie pflegte, außerhalb der Familie, zu sagen: Meine Söhne. Immer sprach sie von der Stärke ihrer Söhne in kränkender Weise. Gegenüber Außenstehenden ging sie nicht ins Detail, sie sagte nicht, der ältere Sohn sei sehr viel stärker als der jüngere, sie sagte, er sei ebenso stark wie ihre Brüder, die Landwirte des Nordens. Sie war stolz auf die Stärke ihrer Söhne, so wie sie stolz war, stolz gewesen war, auf die Stärke ihrer Brüder. Wie ihr älterer Sohn verachtete sie die Schwachen. Über meinen Liebhaber aus Cholen äußerte sie sich wie mein älterer Bruder. Ich schreibe ihre Worte nicht auf. Es waren Worte, die sich auf die Kadaver bezogen, die man in der Wüste antrifft. Ich sage: Meine Brüder, weil auch ich mich so ausdrückte. Erst später habe ich mich anders ausgedrückt, als mein kleiner Bruder herangewachsen und zum Märtyrer geworden ist.

In unserer Familie sind nicht nur keine Feste gefeiert worden, nie ein Weihnachtsbaum, nie bestickte Taschentücher, niemals Blumen. Auch die Toten sind nicht geehrt worden, kein Grabstein, kein Nachruf. Es gab nur sie. Der ältere Bruder wird ein Mörder bleiben. Der kleine Bruder wird durch ihn zugrunde gehen. Ich selber zog fort, riß mich los. Bis zu ihrem Tod hat der ältere Bruder sie für sich allein gehabt.

Damals, zu jener Zeit in Cholen, zur Zeit des Bildes, des Liebhabers, hatte meine Mutter einen Anfall von Wahnsinn. Sie weiß nichts von dem, was in Cholen geschehen ist. Aber ich sehe, daß sie mich beobachtet, daß sie etwas ahnt. Sie kennt ihre Tochter, dieses Kind, von dieser Tochter geht seit einiger Zeit etwas Fremdes aus, eine nie dagewesene Zurückhaltung, die auffällt, sie redet noch langsamer als gewöhnlich, sie, die stets wißbegierig war, ist zerstreut, ihr Blick ist ein anderer, sie ist zur Zuschauerin ihrer Mutter, des Unglücks ihrer Mutter geworden, man könnte sagen, daß sie es mit heraufbeschwört. Die plötzliche Panik im Leben meiner Mutter. Ihre Tochter läuft größte Gefahr, die Gefahr, nie zu heiraten, nie in der Gesellschaft Fuß zu fassen, mittellos, verloren, einsam dazustehen. Während der Krisen fällt meine Mutter über mich her, schließt mich ein, geht mit den Fäusten auf mich los, ohrfeigt mich, zieht mich aus, nähert sich mir, riecht an meinem Körper, an meiner Wäsche, sie sagt, sie erkenne das Parfüm des Chinesen, sie geht noch weiter, schaut nach, ob sie verdächtige Flecken auf der Wäsche entdeckt, und sie brüllt, daß die ganze Stadt es hört, ihre Tochter sei eine Hure, sie werde sie hinauswerfen, sie wolle sie verrecken sehen, niemand werde sie mehr wollen, sie sei entehrt, schlimmer als eine Hündin. Und sie weint und fragt, was sie anderes tun könne, als sie aus dem Haus zu schaffen, damit sie den Ort nicht länger verpeste.

Hinter den Wänden des verschlossenen Zimmers der Bruder.

Der Bruder antwortet der Mutter, er sagt ihr, sie tue recht daran, das Kind zu schlagen, seine Stimme ist gedämpft, innig, einschmeichelnd, er sagt, sie müßten die Wahrheit erfahren, koste es, was es wolle, sie müßten sie erfahren, um zu verhindern, daß dieses kleine Mädchen auf Abwege gerät, um zu verhindern, daß die Mutter in Verzweiflung gerate. Die Mutter schlägt zu mit voller Kraft. Der kleine Bruder schreit, die Mutter solle das Kind in Ruhe lassen. Er geht in den Garten und versteckt sich, er hat Angst, daß man mich umbringt, er hat Angst, immer hat er Angst vor diesem Unbekannten, unserem älteren Bruder. Die Angst des kleinen Bruders macht meine Mutter ruhig. Sie weint über ihr unheilvolles Leben, über ihr entehrtes Kind. Ich weine mit ihr. Ich lüge. Ich schwöre bei meinem Leben, daß nichts gewesen ist, nicht einmal ein Kuß. Wie stellst du dir das vor, mit einem Chinesen, wie stellst du dir vor, daß ich so was mit einem Chinesen tue, der so häßlich, so schwächlich ist? Ich weiß, daß der ältere Bruder hinter der Tür steht, er horcht, er weiß, was meine Mutter tut, er weiß, daß die Kleine nackt ist und geschlagen wird, er möchte, daß das weiter- und weitergeht, bis zur Gefahr. Meine Mutter kennt die Absicht meines älteren Bruders, die dunkle, schreckliche.

Wir sind noch sehr klein. Regelmäßig brechen Kämpfe zwischen meinen Brüdern aus, ohne ersichtlichen Grund, es sei denn dem klassischen, daß der ältere Bruder zum kleinen sagt: Geh raus hier, du störst. Kaum hat er es ausgesprochen, schlägt er zu. Sie schlagen wortlos aufeinander ein, man hört nur ihren Atem, ihr Stöhnen, das dumpfe Geräusch der Schläge. Wie immer begleitet meine Mutter die Szene mit opernhaftem Geschrei.

Sie besitzen dieselbe Fähigkeit zum Zorn, zu düsteren, mörderischen Zornausbrüchen, die man einzig bei Brüdern

Schwestern, Müttern erlebt. Der ältere Bruder leidet, daß er nicht beliebig viel Unheil anrichten, Unheil stiften kann, nicht nur hier, sondern überall. Der kleine Bruder, daß er machtlos diese Abscheulichkeit, diese Neigung seines älteren Bruders unterstützt.

Wenn sie aufeinander einschlugen, fürchteten wir gleicherweise den Tod des einen wie des anderen; die Mutter sagte, sie hätten sich immer schon geschlagen, nie hätten sie zusammen gespielt, nie miteinander geredet. Das einzige, was sie gemein gehabt hätten, sei sie gewesen, ihre Mutter, und vor allem diese kleine Schwester, die Blutsbande, sonst nichts.

Ich glaube, daß meine Mutter nur vom ältesten Kind sagte: Mein Kind. Manchmal rief sie es so. Von den zwei anderen sagte sie: Die Jüngeren.

Über dies alles wurde außerhalb nicht gesprochen, wir hatten als erstes gelernt, über das Wesentliche unseres Lebens, das Elend, zu schweigen. Und dann über alles andere auch. Die ersten Vertrauten, das Wort wirkt maßlos, sind unsere Geliebten, sind die Begegnungen außerhalb der Stationen, zuerst in den Straßen von Saigon, dann auf den Liniendampfern, in den Zügen, dann überall.

Plötzlich überkommt es meine Mutter, am späten Nachmittag, vor allem während der trockenen Jahreszeit, da läßt sie das Haus von oben bis unten auswaschen, um es zu reinigen, sagt sie, zu desinfizieren, zu überholen. Das Haus steht auf einem gemauerten Erdwall, der es vom Garten her schützt vor Schlangen, Skorpionen, roten Ameisen, vor den Überschwemmungen des Mekong, die auf die großen Monsumstürme folgen. Weil das Haus vom Boden abgehoben ist, kann man es waschen mit Kübeln, überschwemmen wie einen Garten. Alle Stühle stehen auf den Tischen, im ganzen Haus rieselt es, die Füße des Klaviers im kleinen Salon stehen im Wasser. Das Wasser fließt die Freitreppen hinunter, flutet in den Hof auf die Küchen zu. Die kleinen Boys sind sehr glücklich, wir sind mit den kleinen Boys zusammen, wir bespritzen uns, und dann wird der Boden mit Marseiller Seife eingeseift. Alle sind barfuß, auch meine Mutter. Die Mutter lacht. Die Mutter hat an nichts etwas auszusetzen. Das ganze Haus duftet, atmet den köstlichen Geruch feuchter Erde nach einem Gewitter, es ist ein Geruch, der mit wilder Freude erfüllt, vor allem, wenn er sich mit dem Geruch der Marseiller Seife vermischt, dem Geruch der Reinheit, der Ehrbarkeit, dem Geruch sauberer Wäsche, dem vom Weiß, dem Geruch unserer Mutter, der unendlichen Makellosigkeit unserer Mutter. Das Wasser fließt bis zu den Alleen hinab. Die Familien der Boys kommen, auch die Besucher der Boys, die weißen Kinder aus den Nachbarhäusern. Die Mutter ist sehr glücklich über diese Unordnung, die Mutter kann manchmal sehr, sehr glücklich sein, die Zeit des Vergessens, in der das Haus gewaschen wird, reicht aus für das Glück der Mutter. Die Mutter geht in den Salon, setzt sich ans Klavier, spielt die einzigen Melodien, die sie auswendig weiß, die sie im Lehrerinnenseminar gelernt hat. Sie singt. Manchmal spielt sie, sie lacht. Sie steht auf, und sie tanzt, während sie weitersingt. Und ein jeder denkt, und auch sie selbst, die Mutter, denkt es, daß man glücklich sein kann in diesem verunstalteten Haus, das plötzlich ein Weiher ist, ein Feld am Rande eines Flusses, eine Furt, ein Strand.

Es sind die beiden jüngsten Kinder, das kleine Mädchen und der kleine Bruder, die sich als erste besinnen. Ganz plötzlich hören sie auf zu lachen und gehen in den Garten, wo der Abend hereinbricht.

Jetzt, beim Schreiben, fällt mir ein, daß unser älterer Bruder nicht in Vinhlong war, als das Haus gewaschen wurde. Er war bei unserem Vormund, einem Dorfpfarrer im Lot-et-Garonne.

Auch er konnte manchmal lachen, aber nie so sehr wie wir. Ich vergesse alles, ich vergesse zu sagen, daß wir, mein kleiner Bruder und ich, lachende Kinder waren, lachende bis zum Ersticken, zum tot Umfallen.

Ich sehe den Krieg in denselben Farben wie meine Kindheit. Ich verwechsle die Kriegszeit mit der Herrschaft meines älteren Bruders. Vermutlich auch deshalb, weil mein kleiner Bruder während des Kriegs gestorben ist: sein Herz hat, wie ich schon erwähnte, versagt, aufgegeben. Den älteren Bruder meine ich während des ganzen Krieges nicht gesehen zu haben. Schon spielte es für mich keine Rolle mehr, ob er lebte oder tot war. Der Krieg erscheint mir wie er: er breitet sich überall aus, dringt überall ein, stiehlt, nimmt gefangen, ist allgegenwärtig, mit allem vermischt, in alles verwickelt, anwesend im Körper, im Denken, im Wachen, im Schlaf, allzeit, der berauschenden Leidenschaft ausgeliefert, das köstliche Territorium des kindlichen Körpers zu besetzen, den Körper der weniger Starken, der besiegten Völker, weil das Böse da ist, vor den Toren, hautnah.

Wir kehren in die Wohnung zurück. Wir sind Liebende. Wir können nicht aufhören, uns zu lieben.

Manchmal gehe ich nicht ins Pensionat zurück, schlafe in seiner Nähe. Ich will nicht in seinen Armen schlafen, in seiner Wärme, aber ich schlafe im selben Zimmer, im selben Bett. Mitunter versäume ich die Schule. Wir gehen nachts zum Essen in die Stadt. Er duscht mich, wäscht mich, spült mich ab, er vergöttert das, er schminkt mich und kleidet mich an, er vergöttert mich. Ich bin die Bevorzugte seines Lebens. Er lebt in der schrecklichen Angst, ich könnte einem anderen Mann begegnen. Ich selber befürchte nichts dergleichen, nie. Auch eine andere Angst quält ihn, nicht, weil ich weiß bin, sondern weil ich so jung bin, so jung, daß er ins Gefängnis käme, würde unsere Beziehung entdeckt. Er sagt mir, ich solle meine Mutter und vor allem meinen älteren Bruder weiter belügen, solle niemandem das geringste verraten. Ich belüge sie weiter. Ich lache über seine Angst. Ich sage ihm, wir seien viel zu arm, als daß meine Mutter einen Prozeß anstrengen könnte, im übrigen habe sie alle Prozesse, die sie angestrengt hat, verloren, die gegen das Katasteramt, gegen die Verwalter, gegen die Gouverneure, gegen das Gesetz, sie versteht es nicht, Prozesse zu führen, kann nicht Ruhe bewahren, warten und nochmals warten, sie kann nicht, sie schreit und vergibt die Chancen. Auch diesmal wäre es so, es lohne nicht, Angst zu haben.

Marie-Claude Carpenter. Sie war Amerikanerin, sie stammte, wie ich mich zu erinnern glaube, aus Boston. Ihre Augen waren sehr hell, graublau. 1943. Marie-Claude Carpenter war blond. Sie war noch kaum verblüht. Eher schön, glaube ich. Mit einem Lächeln, das sich sehr rasch verschloß, verschwand wie der Blitz. Mit einer Stimme, die mir plötzlich wieder gegenwärtig ist, tief, in den höheren Tonlagen leicht mißtönend. Sie war fünfundvierzig, es war schon das Alter, das Alter selbst. Sie wohnte im Sechzehnten Bezirk, in der Nähe der Place d'Alma. Ihre Wohnung nahm das letzte und geräumige Stockwerk eines Wohnhauses ein, zur Seine hin. Im Winter gingen wir zum Abendessen zu ihr. Im Sommer zum Mittagessen. Die Gerichte wurden bei den besten Lieferanten von Paris bestellt. Fast immer fein, doch um eine Spur nicht ausreichend genug. Wir haben sie immer nur zu Hause gesehen, nie außerhalb. Manchmal war ein Mallarméianer dabei. Häufig kamen auch ein, zwei oder drei Literaten dazu, sie kamen einmal und wurden nicht wieder gesehen. Ich habe nie erfahren, wo sie sie aufgelesen, wo sie ihre Bekanntschaft gemacht hatte, weshalb sie sie einlud. Ich habe nie von ihnen gehört, nie ein Buch von ihnen gelesen noch von einem dieser Bücher gehört. Die Mahlzeiten dauerten nicht lange. Es wurde viel über den Krieg gesprochen, über Stalingrad, es war gegen Ende des Winters 1942. Marie-Claude Carpenter hörte viel, informierte sich gründlich, sie sprach wenig, oft wunderte sie sich, daß ihr so viele Ereignisse entgingen, sie lachte. Am Ende der Mahlzeiten entschuldigte sie sich hastig, so rasch aufbrechen zu müssen, aber sie habe zu tun, sagte sie. Sie sagte nie, was. Waren wir zahlreich genug, blieben wir noch ein, zwei Stunden. Sie sagte: Bleiben Sie, solange Sie wollen. In ihrer Abwesenheit sprach niemand über sie. Im übrigen glaube ich, daß niemand dazu in der Lage gewesen wäre, denn niemand kannte sie. Man brach auf, kehrte heim mit dem immergleichen Gefühl, als sei man durch eine Art leeren Alptraum hindurchgegangen, kehre zurück, nachdem man mehrere Stunden bei Unbekannten zugebracht hat, in Gegenwart von Geladenen in der gleichen Lage, die ebenfalls unbekannt waren, als habe man einen Augenblick ohne jegliche Zukunft durchlebt, ohne jeglichen Beweggrund weder menschlicher noch anderer Art. Es war, als habe man eine dritte Grenze überquert, eine Bahnreise gemacht, in Wartezimmern von

Ärzten, in Hotels oder Flughafenhallen gewartet. Im Sommer aßen wir auf einer großen Terrasse mit Blick auf die Seine und tranken Kaffee auf dem Dachgarten, der die ganze Länge des Hauses einnahm. Es gab ein Schwimmbecken dort. Niemand badete. Wir sahen hinunter auf Paris. Auf die leeren Avenuen, den Fluß, die Straßen. In den leeren Straßen die blühenden Trompetenbäume. Marie-Claude Carpenter. Ich sah sie oft an, fast unentwegt, sie geriet in Verlegenheit, aber ich konnte es nicht lassen. Ich betrachtete sie, um herauszufinden, wer das war, Marie-Claude Carpenter. Warum sie hier und nicht anderswo war, warum sie wohl von so weit her, aus Boston, kam, warum sie reich war, warum keiner auch nur das geringste von ihr wußte, warum diese gleichsam erzwungenen Empfänge stattfanden, warum, in ihren Augen sehr tief innen dieses winzige Stückchen Tod sich verbarg, warum? Marie-Claude Carpenter. Warum war all ihren Kleidern etwas gemein, das sich kaum fassen ließ, das den Eindruck erweckte, sie gehörten nicht wirklich ihr, sie hätten ebensogut einen anderen Körper bekleiden können? Neutrale, strenge, sehr helle Kleider, weiß wie der Sommer im Herzen des Winters.

Betty Fernandez. Die Erinnerung an Männer taucht nie in jener strahlenden Helle auf, die die Erinnerung an Frauen begleitet. Betty Fernandez. Auch sie eine Ausländerin. Kaum ist der Name ausgesprochen, ist sie da, sie geht auf einer Straße in Paris, sie ist kurzsichtig, sie sieht sehr schlecht, sie blinzelt, um deutlich zu sehen, sie grüßt mit leichtem Händedruck. Guten Tag, geht es Ihnen gut? Jetzt ist sie schon lange tot. Seit dreißig Jahren etwa. Ich erinnere mich an ihre Anmut, es ist zu spät, um sie zu vergessen, nichts schmälert ihre Vollkommenheit, nichts wird je ihre Vollkommenheit schmälern, weder die Verhältnisse noch die Zeit, weder Kälte noch Hunger, weder die Niederlage der Deutschen noch die krasse Enthüllung des Verbrechens. Sie geht immer auf einer Straße über die Geschichte all dieser Dinge hinweg, so schrecklich sie auch seien. Auch ihre Augen sind hell. Das rosa Kleid ist alt und staubig das schwarze Käppchen im Sonnenlicht der Straße. Sie ist schmal, hochgewachsen, wie mit Tusche gezeichnet, ein Stich. Die Leute bleiben stehen und betrachten entzückt die Eleganz dieser Ausländerin, die vorbeigeht, ohne etwas zu sehen. Souverän. Man weiß nie sofort, woher sie kommt. Dann sagt man sich, sie könne nur von anderswo herkommen, nur von dort. Sie ist schön, schön durch diesen Umstand. Sie trägt die alten Klamotten aus Europa, zerschlissenen Brokat, alte, aus der Mode gekommene Kostüme, alte Schleier, alte Ladenhüter, altes Zeug, alte Fetzen der Haute Couture, alte von Motten zerfressene Füchse, alte Fischotterfelle, solcherart ist ihre Schönheit, zerrissen, fröstelnd, schluchzend, eine Schönheit des Exils, nichts paßt ihr, alles ist ihr zu groß, und das ist schön, schmal ist sie, sie schwimmt in ihren Kleidern, sie füllt nichts aus, und selbst das ist schön. Ihr Kopf, ihr Körper ist so beschaffen, daß jedes Ding, das mit ihr in Berührung kommt, sogleich und unfehlbar an ihrer Schönheit teilhat.

Betty Fernandez empfing, sie hatte einen »Jour«. Wir sind einige Male hingegangen. Einmal war Drieu de la Rochelle da. Sein Hochmut hatte sichtlich zu leiden, er sprach wenig, um sich nicht herablassen zu müssen, mit einer unechten Stimme, in einer Sprache, die übersetzt wirkte, schwerfällig. Vielleicht war auch Brasillach anwesend, doch ich erinnere mich nicht, ich bedaure es sehr. Sartre war nie da. Es kamen auch Dichter vom Montparnasse, aber ich weiß keinen einzigen Namen mehr, nichts mehr. Deutsche kamen nicht. Über Politik wurde nicht gesprochen. Über Literatur wurde gesprochen. Ramon Fernandez sprach über Balzac. Man hätte ihm am liebsten zugehört bis ans Ende der Nächte. Er sprach mit einem Wissen, das nahezu vergessen ist und das wohl kaum etwas wirklich Nachprüfbares hinterlassen dürfte. Er lieferte weniger Informationen denn Ansichten. Er sprach über Balzac, wie er über sich selber gesprochen hätte, als habe er versucht, selbst einmal dieser Balzac zu sein. Ramon Fernandez besaß eine erlesene Höflichkeit, die bis in das Wissen reichte, eine ebenso wesentliche wie klare Art, sich seiner Erkenntnisse zu bedienen, ohne sie je als Verpflichtung, als Last spüren zu lassen. Das war ein aufrichtiger Mensch. Es war immer ein Fest, ihm auf der Straße, im Café zu begegnen, er freute sich, wenn er einen sah, und das war echt, er begrüßte einen mit großem Vergnügen. Guten Tag geht es Ihnen gut? Nach englischer Art, ohne Komma, mit einem Lachen, und während dieses Lachens wurde der Spaß zum Krieg, zum gesamten erzwungenen Leid, das vom Krieg ausging, Résistance und Kollaboration, Hunger und Kälte, Martyrium und Schandtat. Sie, Betty Fernandez, sprach nur von Menschen, die sie auf der Straße gesehen hatte oder die sie kannte, über ihre Art zu gehen, über Dinge in den Schaufenstern, die noch zu haben waren, über die Verteilung von Zusatzrationen an Milch und Fisch, über beschwichtigende Maßnahmen gegen Mangel, Kälte, ständigen Hunger, sie war immer mitten in den Details des praktischen Lebens, dort hielt sie sich auf, sie, die von aufmerksamer, überaus treuer und zärtlicher Freundschaft war. Kollaborateure, die beiden Fernandez. Und ich, zwei Jahre nach dem Krieg, Mitglied der Kommunistischen Partei Frankreichs. Die Äquivalenz ist absolut, endgültig. Alles ein und dasselbe, das gleiche Mitleid, der gleiche Hilferuf, die gleiche Schwachsinnigkeit im Urteil, sagen wir der gleiche Aberglaube, der darin besteht, daß man die politische Lösung des persönlichen Problems glaubt. Auch sie, Betty Fernandez, betrachtete die leeren Straßen während der deutschen Okkupation, betrachtete Paris, die Plätze mit den blühenden Trompetenbäumen, so wie jene andere Frau, Marie-Claude Carpenter. Auch sie hatte ihre Empfangstage.

Er begleitet sie in seiner schwarzen Limousine ins Pensionat. Er hält kurz vor dem Eingang, damit man ihn nicht sieht. Es ist Nacht. Sie steigt aus, sie läuft, sie dreht sich nicht nach ihm um. Kaum ist sie durchs Tor, sieht sie, daß der große Pausenhof noch erleuchtet ist. Kaum tritt sie aus dem Flur, sieht sie die, die auf sie gewartet hat, schon besorgt, aufrecht, ohne ein Lächeln. Sie fragt: Wo warst du? Sie sagt: Ich bin nicht heimgekommen zum Schlafen. Sie sagt nicht warum, und Hélène Lagonelle fragt nicht. Sie legt ihren rosa Hut ab und löst die Zöpfe für die Nacht. Du bist auch nicht in der Schule gewesen. Auch das nicht. Hélène sagt, man habe angerufen, und soweit sie verstanden habe, müsse sie zur Hauptaufseherin. Viele Mädchen stehen im Schatten des Hofs. Alle in Weiß. Große Lampen hängen von den Bäumen. Einige Unterrichtsräume sind noch erleuchtet. Manche Schüler arbeiten noch, andere sind in den Klassenzimmern geblieben, um zu reden, Karten zu spielen oder zu singen. Es gibt keinen Stundenplan für das Zubettgehen der Schüler, die Hitze tagsüber ist so groß, daß man dem Abend nach Lust und Laune freien Lauf läßt, nach Lust und Laune der jungen Aufseherinnen. Wir sind die einzigen Weißen im staatlichen Pensionat. Es gibt viele Mischlinge, die meisten wurden von ihrem Vater im Stich gelassen, Soldat oder Matrose oder kleiner Beamter beim Zoll, in der Verwaltung, im öffentlichen Dienst. Die meisten kommen von der Armenfürsorge. Es gibt auch einige Quarteroninnen. Hélène Lagonelle glaubt, die französische Regierung ziehe sie auf, um aus ihnen Krankenschwestern oder Aufseherinnen in Waisenhäusern, Lepraspitälern, psychiatrischen Anstalten zu machen. Hélène Lagonelle glaubt, man werde sie auch in Quarantänestationen für Cholera- und Pestkranke schicken. Das ist es, was

Hélène Lagonelle glaubt, und sie weint, weil sie keine dieser Stellen will, sie redet ständig davon, sich auf und davon zu machen.

Ich bin zur diensthabenden Aufseherin gegangen, einer jungen Frau, ein Mischling auch sie, die Hélène und mich oft beobachtet. Sie sagt: Sie sind nicht in der Schule gewesen, und Sie haben heute nacht nicht hier geschlafen, wir werden Ihre Mutter benachrichtigen müssen. Ich sage, ich hätte nicht anders gekonnt, aber von jetzt an und künftighin würde ich versuchen, jeden Abend zum Schlafen ins Pensionat zurückzukommen, es lohne nicht, meine Mutter zu benachrichtigen. Die junge Aufseherin sieht mich an und lächelt.

Ich werde es wieder tun. Meine Mutter wird benachrichtigt werden. Sie wird die Pensionatsvorsteherin aufsuchen und diese bitten, mir abends Ausgang zu gewähren, nicht zu kontrollieren, wann ich heimkehre, mich auch nicht zu zwingen, am Sonntag mit den Pensionatsschülerinnen spazierenzugehen. Sie sagt: Das Mädchen hat immer frei gelebt, sonst wäre sie längst davongelaufen, ich selbst, ihre Mutter, kann nichts dagegen tun, wenn ich sie behalten will, muß ich ihr die Freiheit lassen. Die Vorsteherin ist darauf eingegangen, weil ich eine Weiße bin und weil es für den Ruf des Pensionats neben all den Mischlingen einiger Weißer bedarf. Meine Mutter hat auch gesagt, ich lernte trotz meiner Freiheit gut in der Schule, und das, was sie mit ihren Söhnen erlebt habe, sei so schrecklich, so schlimm, daß das Studium der Kleinen die einzige Hoffnung sei, die ihr bleibe.

Die Vorsteherin hat mich im Pensionat wohnen lassen wie in einem Hotel.

Bald werde ich einen Diamanten am Ringfinger tragen. Dann werden die Aufseherinnen keine Bemerkungen mehr machen. Man wird zwar nicht glauben, ich sei verlobt, doch der Diamant ist sehr wertvoll, niemand wird seine Echtheit bezweifeln, und niemand wird fortan ein Wort sagen aus Respekt vor dem Wert des Diamanten, den das blutjunge Mädchen geschenkt bekommen hat.

Ich gehe zu Hélène Lagonelle zurück. Sie liegt auf einer Bank, und sie weint, weil sie glaubt, ich würde das Pensionat verlassen. Ich setze mich auf die Bank. Ich bin geschwächt durch die Schönheit des Körpers von Hélène Lagonelle, die sich an mich lehnt. Dieser Körper ist prächtig, nackt unter dem Kleid, zum Greifen nah. Nie habe ich solche Brüste gesehen. Ich habe sie nie berührt. Unzüchtig ist sie, diese Hélène Lagonelle, sie macht sich nichts daraus, sie spaziert ganz nackt durch die Schlafsäle. Die schönste aller Gaben Gottes ist dieser unvergleichliche Körper von Hélène Lagonelle, diese Ausgewogenheit zwischen dem Wuchs und der Art, wie der Körper die Brüste trägt, weg von sich, als gehörten sie nicht dazu. Es gibt nichts Großartigeres als diese Rundheit getragener Brüste, die sich den Händen darreicht. Selbst der Körper meines kleinen Bruders, der doch wie der eines kleinen Kuli ist, verblaßt vor dieser Pracht. Männerkörper haben geizige, zurückgenommene Formen. Sie verderben auch nicht wie die Körperformen von Hélène Lagonelle, denen keine Dauer beschieden ist; wenn es hoch kommt, halten sie sich vielleicht einen Sommer lang, und schon vorbei. Hélène Lagonelle stammt aus der Hochebene von Dalat. Ihr Vater ist Verwaltungsbeamter. Sie ist vor kurzem gekommen, mitten im Schuljahr. Sie hat Angst, sie stellt sich neben einen, verharrt so, ohne ein Wort zu sagen, oft weint sie. Sie hat die rötlich-braune Gesichtsfarbe der Bergbewohner, hier, wo allen Kindern die grünliche Blässe der Anämie, der tropischen Hitze eigen ist, erkennt man sie gleich. Hélène Lagonelle geht nicht ins Gymnasium. Sie, Hélène L., ist nicht fähig dazu. Sie kann nicht lernen, sie merkt sich nichts. Sie besucht die Volksschule des Pensionats, doch ohne Erfolg. Sie weint, an mich gelehnt, und ich streichle ihr das Haar, die Hände, ich sage ihr, daß ich im Pensionat bleiben werde. Sie weiß nicht, daß sie sehr schön ist, Hélène L. Ihre Eltern wissen nicht, was sie mit ihr anfangen sollen, sie möchten sie möglichst rasch verheiraten. Hélène Lagonelle könnte Verlobte finden, soviel sie will, aber sie will nicht, sie will nicht heiraten, sie will zu ihrer Mutter zurück. Sie. Hélène L. Hélène Lagonelle. Schließlich wird sie tun, was ihre Mutter verlangt. Sie ist viel schöner als ich mit meinem Clownshut, mit meinen Goldschuhen, unendlich viel heiratsfähiger ist sie, Hélène Lagonelle, man kann sie verheiraten, in der Ehe unterbringen, kann sie erschrecken, kann ihr erklären, was ihr angst macht und was sie nicht versteht, kann ihr befehlen, dazubleiben, zu warten.

Hélène Lagonelle, nein, sie, sie weiß noch nicht, was ich weiß. Obwohl sie schon siebzehn ist. Es ist, als ahnte ich, daß sie nie wissen wird, was ich weiß.

Der Körper von Hélène Lagonelle ist schwer, unschuldig noch, die Zartheit ihrer Haut ist die gewisser Früchte, kaum faßbar, ein wenig trügerisch, nicht auszuhalten. Hélène Lagonelle weckt das Verlangen, sie zu töten, sie ruft den wunderbaren Traum wach, sie mit eigenen Händen umzubringen. Ihre köstlichen Formen trägt sie ohne Wissen zur Schau, sie zeigt diese Dinge, die von Händen geknetet, von einem Mund verschlungen werden wollen, ohne sich zu besinnen, ohne etwas von ihnen zu wissen, ohne auch nur etwas von ihrer sagenhaften

Macht zu wissen. Ich möchte die Brüste von Hélène Lagonelle verschlingen, so wie er meine Brüste verschlingt in jenem Zimmer der Chinesenstadt, das ich jeden Abend aufsuche, um das Wissen um Gott zu vertiefen. Mich verzehren nach diesen köstlich zarten Brüsten, die die ihren sind.

Ich bin schwach vor Verlangen nach Hélène Lagonelle.

Ich bin schwach vor Verlangen.

Ich will Hélène Lagonelle mitnehmen, dorthin, wo ich mir jeden Abend, mit geschlossenen Augen, die Lust hole, die schreien läßt. Ich möchte Hélène Lagonelle jenem Mann geben, der es mit mir macht, damit er auch ihr es macht. Und zwar in meiner Gegenwart, wie ich es verlange, soll sie es tun, sie soll sich dort hingeben, wo auch ich mich hingebe. So würde die Lust über den Umweg des Körpers von Hélène Lagonelle, nachdem sie durch ihn hindurchgegangen ist, mir zuteil werden von ihm, nun endgültig.

Zum Sterben wäre das.

Ich sehe sie, als wäre sie von gleichem Fleisch und Blut wie der Mann aus Cholen, doch in einer strahlenden, sonnigen, unschuldigen Gegenwart, in einem sich wiederholenden Aufblühen, bei jeder Geste, jeder Träne, bei jeder ihrer Schwächen, bei jeder Unwissenheit. Hélène Lagonelle ist die Frau dieses Schmerzensmannes, der mir die Lust so abstrakt, so schwierig macht, dieses finsteren Mannes aus Cholen, aus China. Hélène Lagonelle kommt aus China.

Ich habe Hélène Lagonelle nicht vergessen. Ich habe diesen Schmerzensmann nicht vergessen. Als ich weggefahren bin, als ich ihn verlassen habe, habe ich mich zwei Jahre lang keinem anderen Mann genähert. Doch diese geheimnisvolle Treue war mir wohl eigen.

Ich bin noch immer in dieser Familie, da wohne ich unter Ausschluß jedes anderen Orts. Inmitten ihrer Dürre, ihrer schrecklichen Härte, ihrer Boshaftigkeit bin ich am tiefsten von mir überzeugt, bis ins Innerste erfüllt von meiner eigentlichen Gewißheit: daß ich später schreiben werde.

Das ist der Ort, an dem ich mich später, wenn die Gegenwart hinter mit liegt, aufhalten werde, unter Ausschluß jedes anderen Orts. Die Stunden, die ich in der Wohnung von Cholen verbringe, lassen diesen Ort in einem neuen, veränderten Licht erscheinen. Es ist ein stickiger Ort, der dem Tod nahe ist, ein Ort der Gewalt, des Schmerzes, der Verzweiflung, der Schande. Und solcherart ist auch der Ort in Cholen. Auf der anderen Seite des Flusses. Nachdem der Fluß überquert ist.

Ich habe nie erfahren, was aus Hélène Lagonelle geworden ist, ob sie tot ist. Sie war es, die das Pensionat zuerst verlassen hat, lange vor meiner Abreise nach Frankreich. Sie ist nach Dalat zurückgekehrt. Ihre Mutter hat sie gebeten, nach Dalat zurückzukehren. Ich glaube mich zu erinnern, daß sie verheiratet, daß sie einem Neuankömmling aus der Hauptstadt vorgestellt werden sollte. Vielleicht irre ich mich, vielleicht verwechsle ich ihre von der Mutter verordnete, erzwungene Abreise mit dem, wovon ich dachte, daß es Hélène Lagonelle zustoßen müsse.

## III

Ich will nun auch sagen, was gewesen ist, wie es gewesen ist. Also: Er bestiehlt die Boys, um Opium rauchen zu gehen. Er bestiehlt unsere Mutter. Er durchwühlt die Schränke. Er stiehlt. Er spielt. Mein Vater hatte vor seinem Tod ein Haus im Entre-deux-Mers gekauft. Es war unser einziger Besitz. Er spielt. Meine Mutter verkauft es, um die Schulden zu bezahlen. Es reicht nicht aus, es reicht nie aus. Da ich jung bin, versucht er mich an Besucher der Coupole zu verkaufen. Seinetwegen will meine Mutter am Leben bleiben, damit er zu essen hat, damit er im Warmen schläft, damit ihn jemand beim Namen ruft. Und das Gut in der Nähe von Amboise, das sie ihm gekauft hat, Ersparnisse aus zehn Jahren. In einer einzigen Nacht verpfändet. Sie bezahlt die Zinsen. Und der ganze Erlös aus dem Abholzen des Waldes, von dem ich erzählt habe. In einer einzigen Nacht. Er hat meine sterbende Mutter bestohlen. Er war jemand, der Schränke durchwühlte, der Spürsinn hatte, der zu suchen verstand, der die richtigen Leintuchstapel fand, die Verstecke. Er hat die Trauringe gestohlen und dergleichen mehr, Schmuck, Eßwaren. Er hat Dô bestohlen, die Boys, meinen kleinen Bruder. Mich, oft. Er hätte seine eigene Mutter verkauft. Als sie stirbt, läßt er sofort den Notar kommen, in die Trauerstimmung hinein. Er weiß die Trauerstimmung zu nutzen. Der Notar sagt, das Testament sei ungültig. Sie habe den ältesten Sohn zu sehr bevorzugt, zu meinem Nachteil. Der Unterschied ist gewaltig, zum Lachen. Es gilt, im vollen Bewußtsein des Sachverhalts das Testament anzuerkennen oder abzulehnen. Ich bescheinige, daß ich es anerkenne: ich unterschreibe. Ich habe es anerkannt. Mein Bruder, mit gesenktem Blick, danke. Er weint. Voll Trauer über den Tod unserer Mutter. Er ist aufrichtig. Nach der Befreiung von Paris, vermutlich verfolgt wegen Kollaboration in Südfrankreich, weiß er nicht mehr wohin. Er kommt zu mir. Ich habe es nie genau erfahren, er flieht vor einer Gefahr. Vielleicht hat er Leute ausgeliefert, Juden, alles ist möglich. Er ist sehr sanft, sehr liebevoll, wie immer nach seinen Morden oder wenn er Hilfe braucht. Mein Mann ist im Lager. Er zeigt Anteilnahme. Er bleibt drei Tage. Ich habe es vergessen, wenn ich ausgehe, schließe ich nichts ab. Er durchwühlt. Für die Rückkehr meines Mannes hebe ich den Zucker und den Reis von meinen Lebensmittelmarken auf. Er durchwühlt und nimmt. Er durchwühlt auch einen kleinen Schrank in meinem Zimmer. Und findet. Er nimmt die Gesamtheit meiner Ersparnisse an sich, fünfzigtausend Francs. Er läßt nicht einen Schein zurück. Er verläßt die Wohnung mit dem Diebesgut. Wenn ich ihn später wiedersehen werde, sage ich nichts, seine Schande ist so groß, daß ich es nicht über mich bringen werde. Nach dem falschen Testament wird das falsche Louis-Quatorze-Schloß verkauft, für einen Bissen Brot. Der Verkauf beruhte auf Schwindel, wie das Testament.

Nach dem Tod meiner Mutter ist er allein. Er hat keine Freunde, er hat nie Freunde gehabt, er hat manchmal Frauen gehabt, die er in Montparnasse »arbeiten« ließ, manchmal auch Frauen, die er nicht arbeiten ließ, zumindest am Anfang nicht, manchmal Männer, die ihn ihrerseits aushielten. Er lebte in großer Einsamkeit. Das nahm mit dem Alter zu. Er war nur ein kleiner Gauner, seine Affären waren unbedeutend. Er hat Angst verbreitet, mehr nicht.

Mit uns hat er seine eigentliche Macht verloren. Er war kein Gangster, er war ein Familiengauner, ein Durchwühler von Schränken, ein Mörder ohne Waffen. Er kompromittierte sich nicht. Er lebte wie die Gauner, ohne Solidarität, ohne Größe, in Angst. Er hatte Angst. Nach dem Tod meiner Mutter führt er ein seltsames Leben. In Tours. Er kennt nur die Jungen im Café, die Tips für die Pferderennen geben, und die nach Wein riechende Kundschaft der Poker-Spieler im Hinterzimmer. Er beginnt ihnen zu gleichen, er trinkt viel, er bekommt rotunterlaufene Augen, einen schiefen Mund. In Tours besitzt er nichts mehr. Nach Aufgabe der beiden Güter nichts mehr. Ein Jahr lang wohnt er in einem Möbellager, das meine Mutter gemietet hatte. Ein Jahr lang schläft er in einem Sessel. Man gestattet ihm zu kommen. Ein Jahr lang zu bleiben. Dann wird er vor die Tür gesetzt.

Während eines Jahres muß er gehofft haben, seinen verpfändeten Besitz zurückkaufen zu können. Er hat Stück um Stück das Mobiliar meiner Mutter im Möbellager verspielt, die Buddhas aus Bronze, das Kupfergeschirr und dann die Betten und dann die

Schränke und dann die Leintücher. Und dann eines Tages hat er nichts mehr gehabt, das kommt bei seinesgleichen vor, eines Tages ist ihm nur das geblieben, was er auf dem Leibe hat, sonst nichts mehr, kein Leintuch, nicht ein Besteck mehr. Er ist allein. Ein Jahr lang hat ihm keiner die Tür aufgemacht. Er schreibt an einen Vetter in Paris. Er wird ein Dienstbotenzimmer im Quartier Malesherbes beziehen. Und mit mehr als fünfzig Jahren bekommt er seine erste Stelle, das erste Gehalt seines Lebens, er wird Laufbursche bei einer Schiffahrtsversicherungsgesellschaft. Das hat, glaube ich, fünfzehn Jahre gedauert. Dann ist er ins Krankenhaus gekommen. Gestorben ist er nicht dort. Gestorben ist er in seinem Zimmer.

Meine Mutter hat nie über dieses Kind gesprochen. Sie hat sich nie beklagt. Mit niemandem hat sie über diesen Durchwühler von Schränken gesprochen. Sie behandelte diese Mutterschaft wie einen Frevel. Hielt sie geheim. Glaubte wohl, sie sei unverständlich, nicht nachvollziehbar für jemanden, der ihren Sohn nicht so kannte wie sie, vor Gott und vor Ihm. Sie verbreitete harmlose Banalitäten, immer die gleichen. Daß er, wenn er nur gewollt hätte, der Klügste von den dreien gewesen wäre. Der »Künstlerischste«. Der Feinste. Und auch daß er seine Mutter am meisten geliebt habe. Daß er sie letzten Endes am besten verstanden habe. Ich wußte nicht, sagte sie, daß man von einem Jungen soviel Intuition, so tiefe Zärtlichkeit erwarten kann.

Wir haben uns einmal wiedergesehen, er sprach vom verstorbenen kleinen Bruder. Er sagte: Wie entsetzlich, dieser Tod, er ist erbärmlich, unser kleiner Bruder, unser kleiner Paulo.

Bleibt dieses Bild unserer Verwandtschaft: eine Mahlzeit in Sadec. Wir sitzen alle drei am Eßzimmertisch. Sie sind siebzehn und achtzehn. Meine Mutter ist nicht dabei. Er schaut zu, wie der kleine Bruder und ich essen, dann legt er die Gabel hin und betrachtet nur noch meinen kleinen Bruder. Sehr lange sieht er ihn an, und dann sagt er plötzlich, ganz ruhig, etwas Schreckliches. Der Satz bezieht sich aufs Essen. Er sagt ihm, er müsse aufpassen, er solle nicht so viel essen. Der kleine Bruder antwortet nicht. Er macht weiter. Er erinnert daran, daß die großen Fleischstücke für ihn seien, er solle es nicht vergessen. Sonst, sagt er. Ich frage: Warum für dich? Er sagt: Das ist eben so. Ich sage: Ich wünsche dir den Tod. Ich kann nicht weiteressen. Mein kleiner Bruder auch nicht. Er wartet nur darauf, daß der kleine Bruder es wagt, ein Wort zu sagen, ein einziges Wort, seine geballten Fäuste liegen schon auf dem Tisch, bereit, ihm das Gesicht zu zerschlagen. Der kleine Bruder sagt nichts. Er ist sehr blaß. Zwischen den Wimpern der Schimmer von Tränen.

Der Tag, an dem er stirbt, ist düster. Ich glaube, ein Tag im Frühling, April. Man ruft mich an. Nichts, nichts anderes sagt man mir, als daß er tot aufgefunden worden sei, am Boden, in seinem Zimmer. Der Tod war dem Ende seiner Geschichte voraus. Schon zu seinen Lebzeiten war es soweit, es war zu spät zum Sterben, seit dem Tod des kleinen Bruders war es soweit. Die bezwingenden Worte: Alles ist vollbracht.

Sie hat gewünscht, daß er neben ihr begraben werde. Ich weiß nicht mehr wo, auf welchem Friedhof, ich weiß, daß es in der Loire-Gegend ist. Sie sind beide im selben Grab. Nur sie beide. So mußte es sein. Das Bild ist von unerträglicher Pracht.

Die Dämmerung kam das ganze Jahr zur gleichen Stunde. Sie war sehr kurz, beinahe jäh. In der Regenzeit sah man wochenlang keinen Himmel, er war von einem gleichmäßigen Nebel verhüllt, den nicht einmal das Mondlicht zu durchdringen vermochte. In der Trockenzeit dagegen war der Himmel klar, gänzlich wolkenlos, grell. Selbst die mondlosen Nächte waren erhellt. Und die Schatten zeichneten sich gleichermaßen ab auf der Erde, auf dem Wasser, auf den Straßen, den Mauern.

Ich erinnere mich kaum an die Tage. Die Helligkeit der Sonne trübte die Farben, erdrückte alles. An die Nächte erinnere ich mich. Das Blau war ferner als der Himmel, es lag hinter allen Schichten aus Schwärze, es bedeckte den Grund der Welt. Der Himmel war für mich jene Spur reinen Glanzes, die das Blau durchquert, jene kühle Verschmelzung jenseits aller Farbe. Manchmal, in Vinhlong, wenn meine Mutter traurig war, ließ sie den Tilbury anspannen, und wir fuhren aufs Land hinaus, um uns die Nacht der Trockenzeit anzusehen. Ich habe dieses Glück gehabt, diese Mutter in diesen Nächten. Das Licht stürzte vom Himmel in Fluten von reiner Transparenz, in Wirbeln aus Stille und Reglosigkeit. Die Luft war blau, wir nahmen sie in die Hand. Blau. Der Himmel war ein unentwegtes Zucken aus Lichterglanz. Die Nacht machte alles hell, das ganze Land zu beiden Seiten des Flusses, so weit das Auge reichte. Jede Nacht war besonders, jede konnte benannt werden nach der Zeit ihrer Dauer. Die Laute der Nächte waren die der Hunde auf dem Land. Sie heulten das Geheimnis an. Sie antworteten einander von Dorf zu Dorf, bis zum völligen Ende von Raum und Zeit der Nacht.

Im Hof sind die Schatten der Zimtapfelbäume pechschwarz. Der ganze Garten ist in marmorner Unbeweglichkeit erstarrt. So auch das Haus, riesig, trist. Und mein kleiner Bruder, der neben mir ging und nun beharrlich zum offenen Tor sieht auf die verlassene Straße.

Einmal ist er nicht da, vor dem Gymnasium. Der Chauffeur sitzt allein im schwarzen Wagen. Er sagt mir, der Vater sei krank, der junge Herr sei nach Sadec gefahren. Er, der Chauffeur, habe Weisung, in Saigon zu bleiben, um mich ins Gymnasium zu fahren und wieder zurück ins Pensionat zu bringen. Der junge Herr kam nach einigen Tagen zurück. Wieder saß er hinten im schwarzen Wagen, mit abgewandtem Gesicht, um keinen Blicken zu begegnen, immer in Angst. Wir umarmten uns, wortlos, umarmten uns dort, vor dem Gymnasium, vergaßen alles, umarmten uns. Beim Kuß weinte er. Sein Vater würde am Leben bleiben. Seine letzte Hoffnung schwand. Er hatte ihn gebeten. Ihn angefleht, mich in seiner Nähe behalten zu dürfen, er hatte ihm gesagt, er müsse ihn verstehen, sicher habe er im Laufe seines langen Lebens auch einmal eine solche Leidenschaft durchlebt, das könne doch gar nicht anders gewesen sein, hatte ihn angefleht, ihm doch auch ein einziges Mal eine solche Leidenschaft zu gönnen, diesen Wahnsinn, diese Wahnsinnsliebe zu dem kleinen weißen Mädchen, hatte ihn gebeten, daß er ihm Zeit lasse, sie zu lieben, bevor sie nach Frankreich zurück müsse, daß er sie bei ihm lasse, vielleicht ein Jahr noch, denn es sei für ihn unmöglich, diese Liebe schon aufzugeben, sie sei zu neu, noch zu stark, noch zu sehr erfüllt vom ersten Ungestüm, noch sei es für ihn zu schrecklich, auf ihren Körper zu verzichten, um so mehr, als er dies alles, er, der Vater, wisse es genau, nie mehr erleben würde.

Der Vater hatte wiederholt, er ziehe vor, er wäre tot.

Wir badeten zusammen im frischen Wasser aus den Tonkrügen, wir umarmten uns, wir weinten, und wieder war es zum Sterben, doch diesmal schon vor untröstlicher Lust. Und dann sagte ich es ihm. Ich sagte ihm, er solle nichts bedauern, ich erinnerte ihn an das, was er gesagt hatte, daß ich von überall weggehen würde, daß ich über mein Verhalten nicht entscheiden könne. Er sagte, selbst das sei ihm von nun an gleichgültig, alles sei überholt. Da sagte ich ihm, daß ich der Meinung seines Vaters sei. Daß ich mich weigerte, länger bei ihm zu bleiben. Ich gab keine Gründe an.

Es ist eine der langen Straßen von Vinhlong, die am Mekong enden. Eine Straße, die abends immer verlassen daliegt. An diesem Abend, wie beinahe an jedem Abend, fällt der Strom aus. Damit beginnt alles. Kaum erreiche ich die Straße, kaum hat sich hinter mir das Tor geschlossen, setzt der Strom aus. Ich renne. Ich renne, weil ich Angst vor der Dunkelheit habe. Ich renne immer schneller. Und plötzlich glaube ich hinter mir die schnellen Schritte eines anderen zu hören. Und plötzlich bin ich sicher, daß jemand hinter mir herrennt. Im Laufen drehe ich mich um und sehe. Eine sehr große Frau, sehr hager, hager wie der Tod, die lacht und rennt. Sie ist barfuß, sie rennt mir nach, um mich einzuholen. Ich erkenne sie, es ist die Verrückte des Orts, die Verrückte von Vinhlong. Ich höre sie zum erstenmal, sie spricht nur nachts, tagsüber schläft sie, und häufig dort in dieser Straße, vor dem Garten. Sie rennt und schreit in einer Sprache, die ich nicht kenne. Die Angst ist so groß, daß ich nicht einmal rufen kann. Ich muß wohl acht Jahre alt sein. Ich höre ihr heulendes Gelächter und ihr Freudengeschrei, bestimmt macht sie sich über mich lustig. Die Erinnerung ist die an eine zentrale Angst. Zu sagen, diese Angst übersteige meinen Verstand, meine Kräfte, wäre nicht genug. Was angeführt werden kann, ist die Erinnerung an jene vollkommene Gewißheit, daß ich, falls die Frau mich mit ihrer Hand auch nur leicht berührte, meinerseits in einen weit schlimmeren Zustand als den des Todes geraten würde, in den Zustand des Wahnsinns. Ich erreichte den Garten des Nachbarn, das Haus, ich rannte die Stufen hinauf und stürzte in den Vorraum. Danach bin ich mehrere Tage außerstande, von dem zu erzählen, was mir geschehen ist.

Spät in meinem Leben steckt immer noch die Angst in mir, mit anzusehen, wie sich ein Zustand meiner Mutter – ich will diesen Zustand noch nicht benennen – verschlechtert, was zur Folge hätte, daß sie von ihren Kindern getrennt würde. Ich glaube, es wird an mir liegen, festzustellen, wann es soweit ist, nicht an meinen Brüdern, weil meine Brüder diesen Zustand nicht zu beurteilen wüßten.

Es war einige Monate vor unserer endgültigen Trennung, es war in Saigon, spät am Abend, wir saßen auf der großen Terrasse des Hauses in der Rue Testard. Dô war dabei. Ich sah meine Mutter an. Ich erkannte sie kaum. Und dann, als würde plötzlich alles gewaltsam ausgelöscht, zum Einsturz gebracht, kannte ich sie überhaupt nicht mehr. Anstelle meiner Mutter saß mit einemmal eine andere Person neben mir, sie war nicht meine Mutter, sie hatte nur ihr Aussehen, nie aber ist sie meine Mutter gewesen. Sie wirkte leicht stumpfsinnig und sah zum Park hinüber, auf einen bestimmten Punkt des Parks, als lauerte sie auf ein bevorstehendes Ereignis, für das ich keinerlei Anzeichen fand. In ihren Zügen, in ihrem Blick lag Jugendlichkeit, ein Glück, das sie aus gewohnter Scham unterdrückte. Sie war schön. Dô saß neben ihr. Dô schien nichts zu bemerken. Das Entsetzen rührte nicht von dem, was ich erwähnt habe, von ihren Zügen, ihrem glücklichen Ausdruck, ihrer Schönheit, es kam daher, daß sie am selben Platz saß, auf dem meine Mutter gesessen hatte, als sich der Austausch vollzog, daß ich wußte, niemand anderer als sie selbst war an ihrer Stelle, daß jedoch gerade diese durch keine andere zu ersetzende Identität verschwunden war und ich kein Mittel besaß, daß sie zurückkehrte, daß sie zurückzukehren begänne. Nichts bot sich mehr an, das Bild zu bewohnen. Ich wurde verrückt bei vollem Verstand. Zeit, zu schreien. Ich habe geschrien. Ein schwacher Schrei, ein Hilferuf, um das Eis zu brechen, in dem die ganze Szene tödlich erstarrt war. Meine Mutter drehte sich um.

Ich bevölkerte die ganze Stadt mit der Bettlerin aus unserer Straße. Alle Bettlerinnen der Städte, der Reisfelder, der Pfade längs der Grenze von Siam, der Ufer des Mekong wurden für mich zu dieser einen Bettlerin, die mir angst gemacht hatte. Sie kam von überall her. Sie kam immer in Kalkutta an, von wo auch immer sie herkam. Sie schlief stets im Schatten der Zimtapfelbäume auf dem Pausenhof. Stets war meine Mutter in ihrer Nähe, um ihr den Fuß zu pflegen, der von Würmern zerfressen und voller Fliegen war.

Neben ihr das kleine Mädchen aus der Geschichte. Sie trägt es schon zweitausend Kilometer. Sie will es nicht mehr, sie schenkt es her, da, nimm. Keine Kinder mehr. Kein Kind. Alle gestorben oder ausgesetzt, das ergibt eine Menge am Ende des Lebens. Sie, die unter den Zimtapfelbäumen schläft, ist noch nicht tot. Sie wird am längsten leben. Wird im Innern des Hauses sterben, in einem Spitzenkleid. Wird beweint werden.

Sie geht auf den Böschungen der Reisfelder, die den Pfad säumen, sie schreit und lacht aus vollem Hals. Sie hat ein herrliches Lachen, um Tote zu wecken, um jeden zu wecken, der hinhört, wenn Kinder lachen. Tagelang verharrt sie vor dem Bungalow, im Bungalow leben Weiße, sie erinnert sich, die geben den Bettlern zu essen. Einmal, da erwacht sie am frühen Morgen und beginnt zu gehen, eines Tags bricht sie auf, Sie werden gleich sehen weshalb, sie hält auf die Berge zu, sie durchquert den Wald und folgt den Pfaden, die längs den Gipfeln der Bergkette von Siam verlaufen. Vielleicht, weil sie auf der anderen Seite der Ebene einen gelbgrünen Himmel sieht, überquert sie die Berge. Sie beginnt mit dem Abstieg zum Meer hin, zum Ende. Mit ihrem großen hageren Gang kommt sie die bewaldeten Hänge hinab. Eilt, eilt hindurch. Die Wälder sind verpestet. Die Gegend sehr heiß. Kein heilsamer Meerwind weit und breit. Nur das gleichförmige Sirren der Mücken, die toten Kinder, der Regen jeden Tag. Und dann endlich die Deltas. Es sind die größten Deltas der Welt. Sie sind aus schwarzem Schlamm. In der Gegend von Chittagong. Sie hat die Pfade, die Wälder, die Teestraßen, die roten Sonnen verlassen, sie durchmißt die Weite der Deltas vor sich. Sie nimmt die Richtung, in der sich die Erde dreht, die immer ferne, umhüllende, nach Osten. Eines Tages steht sie vor dem Meer. Sie schreit, sie lacht ihr glucksendes wunderbares Vogellachen. Dem Lachen verdankt sie in Chittagong eine Dschunke, die sie hinüberbringt, die Fischer sind bereit, sie mitzunehmen, in ihrer Gesellschaft überquert sie den Bengalischen Golf.

Dann und wann sieht man sie nun in der Nähe der Schuttabladeplätze der Vororte von Kalkutta.

Und dann verliert man sie aus den Augen. Und dann findet man sie wieder. Sie hält sich hinter der französischen Botschaft der nämlichen Stadt auf. Sie schläft in einem Park, übersatt von mannigfacher Nahrung.

Dort ist sie während der Nacht. Dann bei Tagesanbruch im Ganges. Noch immer zum Lachen und Spotten aufgelegt. Sie geht nicht mehr weg. Hier ißt sie, hier schläft sie, nachts ist es ruhig, sie bleibt dort, im Park mit den Lorbeerrosen.

Eines Tages komme ich dort vorbei. Ich bin siebzehn. Das englische Viertel, die Botschaftsgärten, es herrscht Monsun, die Tennisplätze sind verlassen. Am Ufer des Ganges lachen die Aussätzigen.

Wir machen Zwischenstation in Kalkutta. Der Liniendampfer hat eine Panne. Wir besichtigen die Stadt, um die Zeit zu vertreiben. Am nächsten Abend setzen wir die Reise fort.

Fünfzehneinhalb. Die Sache spricht sich sehr schnell herum in der Station von Sadec. Schon diese Aufmachung ist schändlich. Die Mutter versteht überhaupt nichts, auch nicht, wie man ein kleines Mädchen erzieht. Das arme Kind. Glauben Sie es nicht, dieser Hut ist nicht so harmlos, dieses Lippenrot, das alles bedeutet etwas, das ist nicht harmlos, das ist dazu da, die Blicke auf sich zu ziehen, das Geld. Die Brüder, ein Gaunerpack. Es heißt, er sei Chinese, der Sohn des Milliardärs, die Villa am Mekong, mit den blauen Kacheln. Selbst der Alte wünscht, statt sich geehrt zu fühlen, etwas Besseres für seinen Sohn. Eine Familie weißer Gauner.

Die Dame nannte man sie, sie kam aus Savannakhet. Ihr Mann war nach Vinhlong berufen worden. Ein Jahr lang hatte man sie nicht in Vinhlong gesehen. Wegen dieses jungen Mannes, des stellvertretenden Verwalters von Savannakhet. Sie konnten sich nicht mehr lieben. Da brachte er sich mit einem Pistolenschuß um. Die Geschichte drang bis zur neuen Station von Vinhlong. Am Tag ihrer Abreise von Savannakhet nach Vinhlong jagte er sich eine Kugel ins Herz. Auf dem großen Platz der Station, am hellichten Tag. Ihrer kleinen Töchter und ihres Mannes wegen, der nach

Vinhlong berufen worden war, hatte sie gesagt, müsse das aufhören.

Es ereignet sich im verrufenen Viertel Cholen, jeden Abend. Jeden Abend läßt sich das lasterhafte Ding von einem dreckigen Chinesenmilliardär streicheln. Sie besucht dasselbe Gymnasium wie die weißen Mädchen, die kleinen weißen Sportlerinnen, die im Schwimmbad des Sportklubs kraulen lernen. Eines Tages wird ihnen die Weisung gegeben werden, nicht mehr mit der Tochter der Lehrerin von Sadec zu sprechen.

In der Pause sieht sie zur Straße hinüber, ganz allein, an eine Säule des Schulhofs gelehnt. Ihrer Mutter sagt sie nichts davon. Sie kommt weiterhin mit der schwarzen Limousine des Chinesen von Cholen zur Schule. Die Mädchen schauen zu, wie sie davonfährt. Es wird keine Ausnahme geben. Keine wird mehr das Wort an sie richten. In dieser Isolation steigt deutlich die Erinnerung an die Dame von Vinhlong auf. Damals war sie gerade achtunddreißig geworden. Und zehn also das Kind. Und nun ist sie sechzehn Jahre, jetzt, da sie sich erinnert.

Die Dame ist auf der Terrasse ihres Zimmers, sie betrachtet die Straßen entlang dem Mekong, ich sehe sie, wenn ich mit meinem kleinen Bruder aus dem Katechismusunterricht komme. Das Zimmer befindet sich in der Mitte eines großen Palastes mit gedeckten Terrassen, der Palast befindet sich inmitten des Parks mit den Lorbeerrosen und Palmen. Der gleiche Abstand trennt die Dame und das Mädchen mit dem flachen Hut von den übrigen Bewohnern der Station. Beide betrachten sie die langen Straßen am Fluß, beide sind sie gleich. Beide isoliert. Allein, Königinnen. Die Ungnade versteht sich von selbst. Beide dem Verruf preisgegeben wegen der Eigentümlichkeit des Körpers, den sie haben, von Liebhabern gestreichelt, geküßt, der Schande eines tödlichen Genusses ausgeliefert, sagen sie, um den geheimnisvollen Tod von Liebenden ohne Liebe zu sterben. Darum geht es, um diese Todeslust. Von ihnen, von ihren Zimmern geht der Tod so mächtig aus, daß es alle wissen, in der ganzen Stadt, auf den Außenstationen, in den Kreisstädten, auf den Empfängen, auf den schleppenden Bällen der Generalverwaltung.

Soeben nimmt die Dame die offiziellen Empfänge wieder auf, sie glaubt, es sei vorbei, der junge Mann aus Savannakhet sei dem Vergessen anheimgefallen. Die Dame hat also ihre Abendgesellschaften wiederaufgenommen, zu denen sie gehalten ist, damit sich die Leute wenigstens sehen können von Zeit zu Zeit und von Zeit zu Zeit entrinnen können der entsetzlichen Einsamkeit der Außenstationen, verloren inmitten der viereckig angelegten Flächen der Reisfelder, der Angst, des Wahnsinns, des Fiebers, des Vergessens.

Abends nach Schulschluß dieselbe schwarze Limousine, derselbe unverschämte kindliche Hut, dieselben Schuhe aus Goldlamé, und sie, sie geht hin, um ihren Körper von dem chinesischen Milliardär entblößen zu lassen, er wird sie unter der Dusche waschen, ausgiebig, mit dem frischen Wasser aus dem Tonkrug, das er für sie bereithält, wie sie es jeden Abend bei der Mutter tat, und dann wird er sie noch naß zum Bett tragen, er wird den Ventilator anstellen, und er wird sie immer heftiger küssen, überall, und sie wird immer mehr und noch mehr verlangen, und schließlich wird sie ins Pensionat zurückkehren, und niemand wird sie bestrafen, schlagen, verunstalten, beschimpfen.

Es war am Ende der Nacht, als er sich umgebracht hat, auf dem großen Platz der Station, funkelnd vor Licht. Es tanzte. Dann kam der Tag. Er legte sich um den Körper. Mit der Zeit erdrückte die Sonne seine Gestalt. Niemand wagte es, sich ihm zu nähern. Die Polizei wird es tun. Am Mittag, bei Ankunft der Reiseschaluppen, wird nichts mehr dasein, der Platz wird makellos sein.

Meine Mutter sagte zur Pensionatsvorsteherin: Das macht nichts, das ist alles ohne Bedeutung, haben Sie gesehen? Diese abgetragenen Kleidchen, dieser rosa Hut, diese Goldschuhe, stehen sie ihr nicht gut? Die Mutter ist trunken vor Freude, wenn sie von ihren Kindern spricht, und dann ist ihre Anmut noch größer. Die jungen Aufseherinnen des Pensionats hören der Mutter begeistert zu. Alle, sagt die Mutter, umschwärmen sie, alle Männer der Station, ob verheiratet oder nicht, umschwärmen dieses Etwas, wollen diese Kleine, dieses noch unbestimmte Ding, schauen Sie, noch ein Kind. Entehrt sagen die Leute? Ich aber sage: Wie sollte sich die Unschuld entehren lassen?

Die Mutter redet und redet. Sie spricht über die offenkundige Prostitution, und sie lacht, über den Skandal, über diese Posse, diesen unpassenden Hut, diese sublime Eleganz des Kindes, das den Fluß überquert hat, und sie lacht über diese in den französischen Kolonien unwiderstehliche Sache, ich spreche, sagt sie, von dieser Weißhäutigen, von diesem jungen Mädchen, das bisher im Verborgenen auf irgendwelchen Außenstationen lebte und das plötzlich ins Tageslicht tritt und sich bloßstellt vor allen Augen, mit diesem chinesischen Milliardärslump, am Finger einen Diamanten wie eine junge Bankinhaberin, und sie weint.

Als sie den Diamanten sah, sagte sie mit schwacher Stimme: Das erinnert mich an den kleinen Solitär, den ich bei der Verlobung mit meinem ersten Mann trug. Ich sage: Herr Obskur. Wir lachen. Das war sein Name, sagt sie, das ist tatsächlich wahr.

Wir haben uns lange angesehen, und dann hat sie ein sehr sanftes, leicht spöttisches Lächeln gehabt, dem ein so tiefes Wissen um ihre Kinder und um das, was sie später erwarten würde, aufgeprägt war, daß ich beinahe mit ihr über Cholen geredet hätte.

Ich habe es nicht getan. Ich habe es nie getan.

Sie hat lange gewartet, bevor sie wieder zu reden anfing, dann hat sie es getan, mit viel Liebe: Weißt du, daß es aus ist? Daß du in der Kolonie nie wirst heiraten können? Ich zucke die Schultern, ich lache. Ich sage: Ich kann mich überall verheiraten, wann ich will. Meine Mutter gibt zu verstehen, daß es nicht so sei. Nein. Sie sagt: Hier spricht sich alles herum, hier kannst du es nicht mehr. Sie sieht mich an und sagt die unvergeßlichen Sätze: Gefällst du ihnen? Ich antworte: Ja, ich gefalle ihnen trotzdem. Da sagt sie: Du gefällst ihnen auch, weil du es bist.

Sie fragt noch: Ist es nur des Geldes wegen, daß du ihn triffst? Ich zögere, und dann sage ich, nur des Geldes wegen. Sie sieht mich noch lange an, sie glaubt mir nicht. Sie sagt: Ich war anders als du, ich habe mehr Schwierigkeiten beim Lernen gehabt, und ich war sehr ernst, ich bin es zu lange gewesen, zu spät, ich habe den Sinn für das, was mir Vergnügen bereitet hat, eingebüßt.

Das war ein Ferientag in Sadec. Sie ruhte sich in einem Schaukelstuhl aus, die Füße auf einem Schemel, sie hatte die Türen des Salons und des Eßzimmers geöffnet und Durchzug gemacht. Sie war friedlich, nicht böse. Plötzlich hatte sie sie erblickt, ihre Kleine, hatte Lust gehabt, mit ihr zu reden.

Das Ende, die Aufgabe der Ländereien am Damm, war nicht mehr fern. Nicht mehr fern die Abreise nach Frankreich.

Ich sah zu, wie sie einschlief.

Von Zeit zu Zeit verkündet meine Mutter: Morgen gehen wir zum Fotografen. Sie beklagt sich über die Preise, dennoch nimmt sie die Kosten für Familienfotos auf sich. Die Fotos, die schauen wir an, gegenseitig schauen wir uns nicht an, doch die Fotos schauen wir an, jeder für sich, ohne ein

Wort, doch wir schauen sie an, wir sehen uns. Wir sehen die anderen Mitglieder der Familie, einzeln oder zusammen. Wir sehen uns wieder auf den alten Fotos, als wir ganz klein waren, und wir betrachten uns auf den neuen Fotos. Die Kluft zwischen uns ist noch größer geworden. Haben wir die Fotos angeschaut, werden sie zur Wäsche in die Schränke geräumt. Meine Mutter läßt uns fotografieren, um uns sehen zu können, um sehen zu können, ob wir auf normale Weise wachsen. Sie betrachtet uns lange, wie andere Mütter andere Kinder betrachten. Sie vergleicht die Fotos untereinander, sie spricht über das Wachstum eines jeden von uns. Niemand antwortet ihr.

Meine Mutter läßt nur ihre Kinder fotografieren. Sonst nichts. Ich besitze kein Foto von Vinhlong, kein einziges vom Garten, vom Fluß, von den geraden, von Tamarindenbäumen gesäumten Alleen aus der Zeit der französischen Eroberung, kein einziges vom Haus, von unseren weißgetünchten asylhaften Zimmern mit den großen schwarzgoldenen Eisenbetten, wie Klassenräume erleuchtet, mit rötlichen Glühlampen, so wie man sie auf den Straßen sieht, die Lampenschirme aus grün angestrichenem Blech, kein einziges Bild, nicht eines von diesen unglaublichen, stets provisorischen Orten jenseits aller Häßlichkeit, zum Davonlaufen, wo meine Mutter hauste in der Erwartung, wie sie sagte, sich wirklich einrichten zu können, doch in Frankreich, in jenen Gegenden, von denen sie ihr Leben lang gesprochen hat und die je nach ihrer Stimmung, ihrem Alter, dem Grad ihrer Trauer zwischen dem Pas-de-Calais und dem Entre-deux-Mers lagen. Wenn sie endgültig zur Ruhe kommen wird, wenn sie sich im Loire-Gebiet niederlassen wird, wird ihr Zimmer die Wiederholung des Zimmers in Sadec sein, schrecklich. Sie wird es vergessen haben.

Nie machte sie Fotos von Orten, von Landschaften, nur von uns, ihren Kindern, und meistens stellte sie uns zusammen auf, damit es billiger kam. Die wenigen Amateuraufnahmen, die es von uns gibt, wurden von Freunden meiner Mutter gemacht, von Kollegen, die Neuankömmlinge in der Kolonie waren und die die Äquatorlandschaft, die Kokospalmen und Kulis knipsten, um die Bilder ihrer Familie zu schicken.

Während des Urlaubs zeigt meine Mutter die Fotografien ihrer Kinder mit geheimnisvollem Gehabe der Familie. Wir wollen nicht zu dieser Familie. Mich, die Kleinste, schleppte sie anfänglich mit. Und dann bin ich nicht mehr hingegangen, weil meine Tanten wegen meines skandalösen Benehmens nicht mehr wollten, daß ihre Töchter mich sahen. Also bleibt meiner Mutter nichts anderes übrig, als die Fotos zu zeigen, und, was logisch, vernünftig ist, meine Mutter zeigt sie, sie zeigt ihren Nichten, was für Kinder sie hat. Das ist sie sich schuldig, und so tut sie es auch, diese Nichten sind das einzige, was von der Familie übriggeblieben ist, also zeigt sie ihnen die Familienfotos. Offenbart sich etwas von dieser Frau in der Art ihres Verhaltens? In ihrem Hang, stets bis zum Äußersten zu gehen, ohne sich je vorzustellen, sie könnte etwas aufgeben, von etwas ablassen, von den Nichten, dem Leid, der Plackerei? Ich glaube, ja. In dieser Art Tapferkeit, dieser absurden, da finde ich ihre tiefe Anmut wieder.

Als sie alt geworden war und weißes Haar hatte, ist auch sie zum Fotografen gegangen, sie ist allein gegangen, sie hat sich in ihrem schönsten dunkelroten Kleid fotografieren lassen, mit ihren beiden Schmuckstücken, einer langen Halskette und einer Brosche aus Gold und Jade, ein Stückchen Jade mit Gold eingefaßt. Auf dem Foto ist sie gut frisiert, alles schön glatt, ein Bild. Auch die wohlhabenden Einheimischen gingen zum Fotografen, einmal im Leben, wenn sie spürten, daß der Tod nahte. Die Fotos waren groß, alle vom selben Format, sie wurden mit schönen vergoldeten Rahmen gerahmt und zum Altar der Ahnen gehängt. Alle fotografierten Personen, ich habe viele gesehen, gaben beinahe das gleiche Bild ab, ihre Ähnlichkeit war verwirrend. Das kam nicht nur daher, daß alte Leute einander gleichen, vielmehr daher, daß die Porträts stets retuschiert waren, und zwar so, daß die Besonderheiten der Gesichtszüge, falls es noch welche gab, zurückgenommen waren. Die Gesichter wurden alle auf die gleiche Weise zurechtgemacht, um sich der Ewigkeit zu stellen, wurden verwischt, gleichförmig verjüngt.

So wollten es die Leute haben. Diese Ähnlichkeit – diese Zurückhaltung – sollte die Erinnerung an ihren Weg durch die Familie hindurch verschönern, sollte gleichermaßen die Eigenheit desselben wie seine Tatsächlichkeit bezeugen. Je ähnlicher sie einander waren, um so offenkundiger war ihre Zugehörigkeit zur Familienordnung. Alle Männer trugen zudem den gleichen Turban, die Frauen den gleichen Knoten, das gleiche zurückgekämmte Haar, Männer und Frauen das gleiche Kleid mit Stehkragen. Sie alle hatten den gleichen Ausdruck, den ich noch heute wiedererkennen würde. Und dieser Gesichtsausdruck, den meine Mutter auf der Fotografie mit dem roten Kleid hatte, war der ihre, der war es, vornehm, würden manche sagen, wieder andere, ausgelöscht.

Sie reden nie mehr davon. Es ist eine beschlossene Sache, daß er bei seinem Vater nicht mehr darum betteln wird, sie heiraten zu dürfen. Daß der Vater keinerlei Mitleid mit seinem Sohn haben wird. Er hat Mitleid mit niemandem. Von allen chinesischen Emigranten, die den Handel der Station beherrschen, ist der mit den blauen Terrassen der furchtbarste, der reichste, der, dessen Besitztümer sich am weitesten über Sadec hinaus erstrecken, bis nach Cholen, der chinesischen Hauptstadt von Französisch-Indochina. Der Mann von Cholen weiß, daß der Entschluß seines Vaters mit dem des Kindes übereinstimmt, daß er unwiderruflich ist. Allmählich fängt er an zu begreifen, daß die Abreise, die ihn von ihr trennen wird, das Glück für ihre Geschichte ist. Daß dieses Mädchen nicht für die Heirat geschaffen ist, daß es jeder Ehe entfliehen würde, daß man es verlassen, vergessen, den Weißen zurückgeben muß, seinen Brüdern.

Seit er ihren Körper so wahnsinnig liebte, litt das Mädchen nicht mehr an ihm, an seiner Winzigkeit, und seltsamerweise machte sich auch die Mutter nicht mehr Sorgen wie früher, als hätte auch sie gemerkt, daß dieser Körper letzten Endes annehmbar, in Ordnung war, wie jeder andere auch. Er, der Liebhaber von Cholen, glaubt, daß das Wachstum der kleinen Weißen durch die allzu starke Hitze gelitten hat. Auch er ist hier in dieser Hitze geboren und aufgewachsen. Er entdeckt diese Verwandtschaft mit ihr. Er sagt, all die Jahre, die sie in diesen unerträglichen Breitengraden verbracht habe, hätten aus ihr ein Mädchen von Indochina gemacht. Sie habe die feinen Handgelenke der Mädchen hier, ihr dichtes Haar, von dem man meinen könnte, es hätte die ganze Kraft in sich aufgenommen, lang wie ihres, vor allem aber diese Haut, diese Haut des ganzen Körpers, die sich dem Regenwasser verdankt, das man hierzulande sammelt, um Frauen und Kinder darin zu baden. Er sagt, die französischen Frauen hätten im Vergleich dazu eine rauhe, beinahe rissige Haut. Er sagt noch, die kärgliche Nahrung der Tropen, bestehend aus Früchten und Fischen, trage auch das Ihre dazu bei. Und auch die Baumwoll- und Seidenstoffe, aus denen die Kleider gemacht sind, weite Kleider allemal, die den Körper kaum berühren, die ihn freilassen, nackt.

Der Liebhaber von Cholen hat sich bis zur Selbstvergessenheit an die Jugend der kleinen Weißen gewöhnt. Die Lust, die er allabendlich mit ihr erfährt, beansprucht seine

Zeit, sein Leben. Er spricht kaum noch mit ihr. Vielleicht glaubt er, sie verstünde nicht mehr, was er über sie sagen würde, über diese Liebe, die er zuvor nicht kannte und die ihn sprachlos macht. Vielleicht entdeckt er, daß sie noch nie miteinander gesprochen haben, außer wenn sie sich riefen in den Schreien im Zimmer am Abend. Ja, ich glaube, er wußte es nicht, er entdeckt, daß er es nicht wußte.

Er schaut sie an. Selbst mit geschlossenen Augen schaut er sie an. Er atmet ihr Gesicht. Er atmet das Kind, atmet mit geschlossenen Augen ihren Atem, den warmen Hauch, der ihr entströmt. Immer undeutlicher werden ihm die Grenzen dieses Körpers, er ist nicht wie andere Körper, ist nicht ausgewachsen, in dem Zimmer wächst er noch, er ist noch ohne festgefügte Gestalt, jeden Augenblick im Werden begriffen, er ist nicht nur dort, wo er ihn sieht, er ist auch anderswo, erstreckt sich weiter, als das Auge reicht, zum Spiel hin, zum Tod, er ist geschmeidig, er gibt sich ganz und gar dem Genuß hin, als wäre er groß, im gehörigen Alter, er ist ohne Bosheit und von erschreckender Intelligenz.

Ich sah zu, was er aus mir machte, wie er sich meiner bediente, und ich hatte nie gedacht, daß man es in dieser Weise machen könnte, er übertraf meine Erwartung und entsprach der Bestimmung meines Körpers. So war ich zu seinem Kind geworden. Er war auch für mich zu etwas anderem geworden. Ich begann die unbeschreibliche Zartheit seiner Haut, seines Geschlechts jenseits seiner selbst zu erkennen. Auch der Schatten eines anderen Mannes sollte durch das Zimmer hindurchgehen, der eines jungen Mörders, aber noch wußte ich es nicht, noch nahmen meine Augen nichts davon wahr. Auch der Schatten eines jungen Jägers sollte durch das Zimmer hindurchgehen, um ihn aber wußte ich, ja, manchmal war er da, inmitten der Lust, und ich sagte es ihm, dem Liebhaber von Cholen, ich erzählte ihm von seinem Körper und seinem Geschlecht, von seiner unaussprechlichen Zärtlichkeit, von seinem Mut im Wald und auf den Flüssen, an deren Mündungen schwarze Panther hausten. Dies alles trieb sein Begehren an und ließ ihn mich nehmen. Ich war zu seinem Kind geworden. Dieses Kind liebte er Abend für Abend.

Und manchmal packt ihn die Angst, plötzlich ist er besorgt um ihre Gesundheit, als entdecke er, daß sie sterblich sei, als durchfahre ihn der Gedanke, daß er sie verlieren könnte. Besorgt plötzlich, daß sie so winzig ist, und es packt ihn mitunter die Angst, jählings. Und auch besorgt über diesen Kopfschmerz, der sie oft so elend macht, fahl, unbeweglich, eine feuchte Binde auf den Augen. Und diesen Ekel, den sie manchmal gegenüber dem Leben verspürt, wenn es über sie kommt, wenn sie an ihre Mutter denkt und jäh aufschreit und weint vor Zorn bei dem Gedanken, die Dinge nicht ändern, die Mutter nicht glücklich machen zu können, bevor sie stirbt, die nicht töten zu können, die dieses Unheil verschuldet haben. Sein Gesicht an das ihre gedrückt, nimmt er ihre Tränen auf, er preßt sie an sich, wahnsinnig vor Begierde nach ihren Tränen, ihrem Zorn.

Er nimmt sie, wie er sein Kind nehmen würde. Sein Kind nähme er ebenso. Er spielt mit dem Körper seines Kindes, er dreht ihn um, er bedeckt damit sein Gesicht, seinen Mund, seine Augen. Und sie,

sie überläßt sich auch weiterhin genau der Richtung, die er einschlug, als er zu spielen begann. Und mit einemmal ist sie es, die ihn anfleht, sie sagt nicht worum, und er, er schreit sie an, still zu sein, er schreit, er wolle sie nicht mehr, er wolle sie nicht mehr nehmen, und wieder sind sie aneinandergefesselt, gemeinsam im Entsetzen eingeschlossen, und da löst sich noch einmal das Entsetzen, noch einmal lassen sie sich überwältigen, in Tränen, in Verzweiflung, im Glück.

Sie schweigen den ganzen Abend. Im schwarzen Wagen, der sie zum Pensionat zurückbringt, lehnt sie ihren Kopf an seine Schulter. Er umarmt sie. Er sagt, es sei gut, daß das Schiff aus Frankreich bald kommt und sie mitnimmt und sie beide trennt. Sie schweigen während der Fahrt. Manchmal bittet er den Chauffeur, einen Abstecher an den Fluß zu machen. Sie schläft erschöpft ein, an ihn gelehnt. Er weckt sie mit Küssen.

Im Schlafsaal ist das Licht blau. Es riecht nach Weihrauch, zur Stunde der Dämmerung wird er immer angezündet. Die Hitze ist drückend, alle Fenster sind sperrangelweit geöffnet, und es gibt keinen Lufthauch. Ich ziehe die Schuhe aus, um keinen Lärm zu machen, doch ich bin ruhig, ich weiß, daß die Aufseherin nicht aufstehen wird, daß es mir jetzt erlaubt ist, nachts heimzukommen, wann ich will. Ich gehe sofort zum Bett von H. L. hinüber, stets etwas beunruhigt, stets in der Angst, sie sei tagsüber aus dem Pensionat geflohen. Sie ist da. Sie schläft gut, H. L. Ich bewahre die Erinnerung an einen eigensinnigen, beinahe feindseligen Schlaf. Der Verweigerung. Ihre nackten Arme umschlingen den Kopf, einsam. Der Körper liegt nicht ordentlich da wie der der anderen Mädchen, ihre Beine sind angewinkelt, ihr Gesicht ist nicht zu sehen, das Kopfkissen verrutscht. Ich ahne, daß sie auf mich gewartet hat und dann eingeschlafen ist voll Ungeduld, Zorn. Sie muß auch geweint haben und dann in den Abgrund gestürzt sein. Ich möchte sie gerne wecken, ganz leise mit ihr sprechen. Ich spreche nicht mehr mit dem Mann von Cholen, er spricht nicht mehr mit mir, ich brauche die Fragen von H. L. Sie besitzt diese unvergleichliche Aufmerksamkeit von Menschen, die nicht hören, was man zu ihnen sagt. Aber es geht nicht, daß ich sie wecke. Wird H. L. mitten in der Nacht geweckt, kann sie nicht mehr einschlafen. Sie steht auf, sie möchte hinausgehen, tut es auch, sie jagt die Treppen hinunter, geht durch die Gänge, durch die großen leeren Höfe, sie läuft, sie ruft mich, sie ist so glücklich, man kommt nicht dagegen an, und wenn man sie um den Spaziergang bringt, so weiß man, daß sie genau das erwartet. Ich zögere und wecke sie dann doch nicht auf. Unter dem Moskitonetz ist die Hitze zum Ersticken, wenn man es schließt, scheint sie unerträglich. Das liegt daran, daß ich von draußen komme, von den Flußufern, wo es nachts immer kühl ist. Ich bin es gewohnt, ich liege reglos, ich warte, bis es vorbeigeht. Es geht vorbei. Ich schlafe nie sofort ein, trotz der neuen Strapazen in meinem Leben. Ich denke an den Mann von Cholen. Vermutlich sitzt er in einem Nachtlokal in der Gegend der »Quelle«, mit seinem Chauffeur, sie trinken schweigend, Reisschnaps, wenn sie unter sich sind. Oder er ist heimgekehrt, ist in seinem Zimmer bei Licht eingeschlafen, ohne mit jemandem gesprochen zu haben. An diesem Abend kann ich den Gedanken an den Mann von Cholen nicht mehr ertragen. Auch den nicht an H. L. Ihr beider Leben scheint erfüllt zu sein, erfüllt durch Dinge, die außerhalb ihrer selbst liegen. Bei mir scheint es nichts dergleichen zu geben. Die Mutter sagt: Die da wird sich mit nichts zufriedengeben. Ich glaube, daß mein Leben begonnen hat, sich mir zu zeigen. Ich glaube, daß ich es mir bereits eingestehen kann, ich verspüre eine vage Lust zu sterben. Dieses Wort, ich trenne es nicht mehr von meinem Leben. Ich glaube, ich verspüre eine vage Lust, allein zu sein, zugleich erkenne ich, daß ich nicht mehr allein bin, seit ich die Kindheit, die Familie des Jägers, verlassen habe. Ich werde Bücher schreiben. Das ist es, was ich jenseits des Augenblicks sehe, in der großen Wüste, als die mir die Weite meines Lebens erscheint.

Ich weiß nicht mehr, welchen Wortlaut das Telegramm aus Saigon hatte. Ob es hieß, mein kleiner Bruder sei verschieden, oder ob es hieß: heimgerufen von Gott. Ich glaube mich zu erinnern, daß es hieß: heimgerufen von Gott. Die Gewißheit durchfuhr mich: Nicht sie hat das Telegramm aufgeben können. Der kleine Bruder. Tot. Zunächst ist das unfaßbar, und dann, ganz plötzlich, kommt von überall her, aus der Tiefe der Welt, der Schmerz, er hüllte mich ein, er trug mich fort, ich erkannte nichts mehr, es gab mich nicht mehr, es gab nur diesen Schmerz, ich wußte nicht, was für ein Schmerz es war, ob der Schmerz, vor einigen Monaten ein Kind verloren zu haben, wiederkam oder ob es ein neuer Schmerz war. Heute glaube ich, daß es ein neuer Schmerz war, denn mein Kind, das bei der Geburt starb, hatte ich nicht gekannt, und ich wollte mir damals nicht das Leben nehmen, so wie ich es jetzt wollte.

Man hatte sich getäuscht. Der Irrtum, den man begangen hatte, verbreitete sich in wenigen Sekunden um den ganzen Erdball. Der Skandal hatte göttliches Format. Mein kleiner Bruder war unsterblich, und niemand hatte es bemerkt. Die Unsterblichkeit war zu Lebzeiten von seinem Körper verheimlicht worden, und wir, wir hatten nicht bemerkt, daß in diesem Körper die Unsterblichkeit wohnte. Der Körper meines kleinen Bruders war tot. Die Unsterblichkeit war mit ihm gestorben. Und so nahm die Welt ihren Lauf, dieses heimgesuchten Körpers und dieser Heimsuchung beraubt. Man hatte sich ganz und gar getäuscht. Der Irrtum erfaßte den ganzen Erdball, der Skandal.

Nachdem er, der kleine Bruder, gestorben war, mußte nun auch alles andere sterben. Und durch ihn. Die Todeskette ging von ihm aus, dem Kind.

Er, der tote Körper des Kindes, spürte nichts von den Ereignissen, deren Ursache er war. Die Unsterblichkeit, die er während siebenundzwanzig Jahren seines Lebens gehütet hatte – er kannte nicht einmal ihren Namen.

Niemand sah klar außer mir. Und von dem Augenblick an, da ich zu dieser einfachen Erkenntnis kam, daß der Körper meines kleinen Bruders auch der meine war, mußte ich sterben. Und ich bin gestorben. Mein kleiner Bruder hat mich zu sich geholt, er hat mich zu sich gezogen, und ich bin gestorben.

Man müßte die Leute von diesen Dingen in Kenntnis setzen. Ihnen beibringen, daß die Unsterblichkeit sterblich ist, daß sie sterben kann, daß dies vorgekommen ist, daß dies weiterhin vorkommen wird. Daß sie sich nie als solche bemerkbar macht, daß sie die absolute Doppelheit ist. Daß sie nicht im einzelnen, bloß als Prinzip existiert. Daß bestimmte Menschen ihr Vorhandensein verheimlichen können, vorausgesetzt, sie wissen nicht, daß sie es tun. So wie bestimmte andere Menschen ihr Vorhandensein bei diesen Leuten nachweisen können, wiederum vorausgesetzt, sie wissen nicht, daß sie es können. Daß das Leben unsterblich ist, solange sie gelebt wird, am Leben ist. Daß es bei der Unsterblichkeit nicht um mehr oder um weniger Zeit geht, nicht um Unsterblichkeit, sondern um etwas anderes, Unbekanntes. Daß es ebenso falsch ist, zu behaupten, sie sei ohne Anfang und Ende, wie zu behaupten, sie beginne und ende mit dem Leben des Geistes, wo sie doch teilhat am Geist und an der Verfolgung des

Winds. Man betrachte den toten Sand der Wüsten, den toten Körper der Kinder: die Unsterblichkeit geht nicht durch sie hindurch, sie hält ein und macht einen Bogen.

Die Unsterblichkeit meines kleinen Bruders war ohne Fehl, ohne Legende, ohne Zwischenfall, rein, wie aus einem Guß. Der kleine Bruder war kein Rufer in der Wüste, er hatte nichts zu verkünden, weder hier noch anderswo, nichts. Er war ohne Ausbildung, er hatte es nie geschafft, sich in irgend etwas auszubilden. Er konnte nicht sprechen, konnte kaum lesen, kaum schreiben, manchmal glaubte man, er könne nicht einmal leiden. Er war jemand, der nicht verstand und der Angst hatte.

Meine unsinnige Liebe zu ihm bleibt für mich ein nicht zu ergründendes Geheimnis. Ich weiß nicht, warum ich ihn dermaßen liebte, daß ich an seinem Tod sterben wollte. Ich war bereits zehn Jahre von ihm getrennt, als es geschah, und ich dachte nur selten an ihn. Ich liebte ihn, so schien es, für alle Zeiten, und dieser Liebe konnte nichts etwas anhaben. Ich hatte den Tod vergessen.

Wir sprachen wenig miteinander, wir sprachen sehr selten über den älteren Bruder, über unser Unglück, über das Unglück unserer Mutter und dasjenige der Ebene. Wir sprachen vielmehr über die Jagd, über Gewehre, über Mechanik, über Autos. Er regte sich über das kaputte Auto auf und nannte und beschrieb mit die Wagen, die er später einmal haben würde. Ich kannte alle Marken von Jagdgewehren und sämtliche Automarken. Wir sprachen natürlich auch davon, daß wir von Tigern zerrissen würden, falls wir nicht achtgaben, oder daß wir im reißenden Bach ertrinken würden, falls wir weiterhin in der Strömung schwammen. Er war zwei Jahre älter als ich.

Der Wind hat aufgehört, und unter den Bäumen herrscht jenes übernatürliche Licht, das auf den Regen folgt. Die Vögel schreien aus voller Kehle, wie verrückt wetzen sie ihre Schnäbel an der kalten Luft, sie bringen sie rundum zum Tönen auf nahezu betäubende Art.

Die Dampfer fuhren den Fluß von Saigon hinauf, mit abgestellten Motoren, gezogen von Schleppern, fuhren bis zu den Hafenanlagen in jener Schleife des Mekong, die auf der Höhe von Saigon liegt. Diese Schleife, dieser Arm des Mekong, heißt der Fluß, der Fluß von Saigon. Der Landungsaufenthalt dauerte acht Tage. Kaum waren die Schiffe am Kai, war Frankreich da. Man konnte in Frankreich essen gehen, tanzen, für meine Mutter war das zu teuer, für sie lohnte es sich nicht, mit ihm aber, dem Liebhaber von Cholen, wäre es möglich gewesen. Er ging nicht hin, aus Angst, sich mit einem so jungen weißen Mädchen zu zeigen, das sagte er zwar nicht, doch sie wußte es. Damals, und diese Zeit liegt nicht allzu weit zurück, knapp fünfzig Jahre, konnte man nur mit dem Schiff überall hinreisen. Große Teile der Kontinente waren ohne Straßen, ohne Bahnlinien. Auf Hunderten, ja Tausenden von Quadratkilometern gab es nur die Straßen der Vorzeit. Die schönen Dampfer der Messageries Maritimes, die stattlichsten der Linie, die Porthos, die Dartagnan, die Aramis, verbanden Indochina mit Frankreich.

Die Reise dauerte vierundzwanzig Tage. Die Liniendampfer waren damals schon Städte mit Straßen, Bars, Cafés, Bibliotheken, Salons, Begegnungen, Liebhabern, Hochzeiten, Toten. Es bildeten sich Zufallsgemeinschaften, sie waren erzwungen, das wußte man, man vergaß es nicht, und gerade dadurch wurden sie erträglich, mitunter sogar unvergeßlich in ihrem Reiz. Für die Frauen waren es die einzigen Reisen. Für viele von ihnen, wie auch für manche Männer, blieben die Reisen in die Kolonie das eigentliche Abenteuer der Unternehmung. Für die Mutter waren sie, neben unserer frühen Kindheit, »das Beste ihres Lebens«.

Der Aufbruch. Es war immer der gleiche Aufbruch. Es war immer der erste Aufbruch aufs Meer. Die Trennung vom Festland vollzog sich immer in Schmerz und Verzweiflung, doch das hatte die Menschen nie daran gehindert, aufzubrechen, die Juden, die Geistesmenschen, die allein um der Seereise willen Reisenden, und hatte auch nie die Frauen daran gehindert, ihre Männer ziehen zu lassen, sie, die nie aufbrachen, die zurückblieben, um die heimatliche Stätte, die Nachkommenschaft, das Hab und Gut zu hüten, den Grund zur Rückkehr. Während Jahrhunderten hatten die Schiffe dafür gesorgt, daß die Reisen langsamer, auch tragischer waren, als sie es heutzutage sind. Die Dauer der Reise deckte die Länge der Entfernung auf natürliche Weise ab. Man war an diese langsamen menschlichen Geschwindigkeiten auf dem Festland wie auf dem Meer gewöhnt, an diese Verspätungen, an dieses Warten auf Wind, auf das Aufklaren, auf Schiffbrüche, auf Sonne, auf den Tod. Die Dampfer, die die kleine Weiße kennengelernt hatte, gehörten bereits zu den letzten Kurierschiffen der Welt. Tatsächlich wurden in ihrer Jugend die ersten Fluglinien eröffnet, die die Menschheit nach und nach um die Reisen quer über die Meere brachten.

Noch gingen wir jeden Tag in die Wohnung von Cholen. Er machte es wie gewöhnlich, längere Zeit machte er es wie gewöhnlich, wusch mich mit dem Wasser aus dem Tonkrug und trug mich aufs Bett. Er kam zu mir, legte sich auch hin, doch er war nun ohne jede Kraft, ohne jede Potenz. Kaum war das Abreisedatum, wenn auch noch fern, festgesetzt, konnte er mit meinem Körper nichts mehr anfangen. Das war plötzlich gekommen, ohne sein Wissen. Sein Körper verlangte nicht mehr nach derjenigen, die bald wegfuhr und ihn verriet. Er sagte: Ich kann dich nicht mehr nehmen, ich glaubte, ich könne es noch, aber ich kann nicht. Er sagte, er sei tot. Er entschuldigte sich mit einem sehr sanften Lächeln, er sagte, das käme vielleicht nie mehr wieder. Ich fragte ihn, ob er das gewollt habe. Er lachte beinahe, er sagte: Ich weiß nicht, in diesem Augenblick vielleicht ja. Seine Sanftheit war unversehrt geblieben im Schmerz. Er sprach nicht von diesem Schmerz, nie hatte er ein Wort darüber gesagt. Mitunter zuckte sein Gesicht, er schloß die Augen und biß die Zähne zusammen. Doch verschwieg er stets die Bilder, die er hinter den geschlossenen Augen sah. Es war, als liebte er diesen Schmerz, als liebte er ihn, so wie er mich geliebt hatte, heftig, ja tödlich vielleicht, als liebte er ihn nun mehr als mich. Bisweilen sagte er, er wolle mich streicheln, da er wisse, daß ich große Lust hätte, und er wolle mich anschauen, wenn der Genuß sich einstellt. Er tat es, er schaute mich gleichzeitig an und rief mich, als wäre ich sein Kind. Wir hatten beschlossen, uns nicht mehr zu sehen, aber das war unmöglich, das war unmöglich gewesen. Jeden Abend fand ich ihn vor dem Gymnasium, in seinem schwarzen Wagen, den Kopf schamvoll abgewandt.

Als die Stunde der Abfahrt nahte, stieß das Schiff ein dreimaliges lang anhaltendes Sirenengeheul von schrecklicher Gewalt aus, es war in der ganzen Stadt zu hören, und in der Hafengegend wurde der Himmel schwarz. Die Schlepper fuhren nun ans Schiff heran und zogen es zur Hauptfahrrinne. Danach lösten sie die Ankertaue und kehrten zum Hafen zurück. Das Schiff nahm nun noch einmal Abschied, stieß erneut sein fürchterliches und so geheimnisvoll trauriges Gebrüll aus, das die Leute zum Weinen brachte, nicht nur die Reisenden, die sich trennten, auch die, die zuschauen wollten, die ohne besonderen Grund zugegen waren und niemandem nachtrauern mußten. Das Schiff fuhr nun sehr langsam, aus eigener Kraft, den Fluß hinab. Lange sah man seine hohe Gestalt auf das Meer zusteuern. Viele Leute schauten ihm nach, gaben immer langsamer, immer mutloser werdende Zeichen mit ihren Schals, ihren Taschentüchern. Und dann, zuletzt, nahm die Erde die Gestalt des Schiffs in ihre Krümmung. Bei klarem Wetter konnte man es langsam sinken sehen.

Auch sie hatte, als das Schiff seinen ersten Abschiedsruf ausstieß, als die Laufbrücke hochgezogen wurde und die Schlepper es zu ziehen, vom Festland zu entfernen begannen, geweint. Sie hatte geweint, ohne ihre Tränen zu zeigen, denn er war Chinese, und es gehörte sich nicht, um diese Art von Liebhabern zu weinen. Ohne ihrer Mutter und ihrem kleinen Bruder zu zeigen, daß sie Kummer hatte, ohne irgend etwas zu zeigen, wie es zwischen ihnen üblich war. Sein großer Wagen stand da, lang und schwarz, vorne der Chauffeur in Weiß. Er stand etwas abseits vom Parkplatz der Messageries Maritimes, allein. Sie hatte ihn an diesen Merkmalen erkannt. Auf dem Rücksitz, diese kaum wahrnehmbare Gestalt, die reglos dasaß, niedergeschmettert, das war er. Sie stützte sich auf die Reling wie beim erstenmal auf der Fähre. Sie wußte, daß er zu ihr hersah. Auch sie sah zu ihm hin, sie konnte ihn nicht mehr erkennen, doch sie sah immer noch zur Form des schwarzen Automobils hinüber. Und dann, zuletzt, sah sie sie nicht mehr. Der Hafen verschwand und danach das Festland.

Es gab das Chinesische Meer, das Rote Meer, den Indischen Ozean, den Suezkanal, am Morgen wachte man auf, und es war soweit, man wußte es aufgrund des Fehlens der Vibrationen, wir bewegten uns zwischen Sand. Vor allem aber gab es diesen Ozean. Er war der weiteste, der größte, er berührte den Südpol, war die weiteste Entfernung zwischen zwei Landungen, zwischen Ceylon und Somalia. Mitunter war er so ruhig und das Wetter so klar, so mild, daß seine Überquerung alles andere als eine Reise über das Meer war. Dann tat sich das ganze Schiff auf, die Salons, die Laufgänge, die Luken. Die Passagiere flüchteten aus ihren stickigen Kabinen und schliefen direkt auf dem Deck.

Im Verlauf einer Reise, während der Überquerung dieses Ozeans, spät in der Nacht, hatte sich jemand umgebracht. Sie weiß nicht mehr genau, ob es während dieser oder einer anderen Reise geschehen war. Einige Leute spielten Karten in der Bar der ersten Klasse, unter diesen Spielern war ein junger Mann, und in einem bestimmten Augenblick hatte der junge Mann seine Karten wortlos hingelegt, hatte die Bar verlassen, hatte im Laufschritt das Deck überquert und hatte sich ins Meer gestürzt. Bis das Schiff, das in voller Fahrt war, zum Stillstand kam, fehlte von dem Körper jede Spur.

Nein, beim Schreiben sieht sie nicht auf das Schiff, sondern einen anderen Ort, den Ort, wo die Geschichte erzählt worden ist. Es war in Sadec. Es war der Sohn des Verwalters von Sadec. Sie kannte ihn, auch er besuchte das Gymnasium in Saigon. Sie erinnert sich, sehr groß, das Gesicht sehr sanft, braun, Schildpattbrille. Nichts war in der Kabine gefunden worden, kein Brief. Das Alter hat sich eingeprägt, entsetzlich, das gleiche wie ihres, siebzehn. Das Schiff war im Morgengrauen weitergefahren. Das war das schlimmste. Der Sonnenaufgang, das leere Meer und der Entschluß, die Suche aufzugeben. Die Trennung.

Und ein anderes Mal, es war auf dieser Reise, während der Überquerung desselben Ozeans, auch diesmal nach Einbruch der Nacht, entlud sich im großen Salon des Hauptdecks ein Walzer von Chopin, der ihr auf heimliche, intime Weise vertraut war, da sie ihn während Monaten zu erlernen versucht hatte, und den korrekt zu spielen ihr nie gelungen war, nie, was schließlich dazu geführt hatte, daß ihre Mutter einwilligte, das Klavierspiel aufzugeben. Diese Nacht, verloren zwischen unzähligen anderen Nächten, diese Nacht, das wußte sie bestimmt, hatte das Mädchen auf ebendiesem Schiff verbracht, und es war zugegen gewesen, als sie sich entlud, diese Musik von Chopin unter dem vor Gefunkel strahlenden Himmel. Es gab keinen Windhauch, und die Musik durchdrang den ganzen dunklen Dampfer wie eine Weisung des Himmels, von der man nicht wußte, worauf sie sich bezog, wie ein Befehl Gottes, dessen Inhalt man nicht kannte. Und das Mädchen hatte sich aufgerichtet, als wollte es sich nun seinerseits umbringen, sich ins Meer stürzen, und danach hatte es geweint, weil es an den Mann von Cholen gedacht hatte, und es war plötzlich nicht sicher gewesen, ob es ihn nicht doch geliebt hatte, mit einer Liebe, die von ihm nicht wahrgenommen worden war, weil sie sich in der Geschichte verloren hatte wie Wasser im Sand und die es erst jetzt wiederfand, in diesem Augenblick der Musik, die sich hinstürzte über das Meer.

Wie später die Ewigkeit des kleinen Bruders über den Tod.

Rings um sie her schliefen die Leute, eingehüllt von der Musik, doch nicht geweckt von ihr, ruhig. Das Mädchen dachte, es erlebe die stillste Nacht, die je über den Indischen Ozean gekommen ist. Es glaubt auch, daß es in dieser selben Nacht seinen jüngeren Bruder auf dem Deck hat kommen sehen mit einer Frau. Er hatte sich auf die Reling gestützt, sie hatte ihn umarmt, und sie hatten sich geküßt. Das Mädchen hatte sich versteckt, um besser sehen zu können. Es hatte die Frau wiedererkannt. Sie und der kleine Bruder waren bereits unzertrennlich. Es war eine verheiratete Frau. Es handelte sich um ein totes Paar. Der Mann schien nichts zu bemerken. Während der letzten Tage der Reise blieben der kleine Bruder und diese Frau den ganzen Tag in der Kabine, sie verließen sie nur am Abend. Während dieser Zeit sah der kleine Bruder seine Mutter und seine Schwester an, als würde er sie nicht erkennen. Die Mutter war scheu geworden, schweigsam, eifersüchtig. Sie, die Kleine, weinte. Sie war glücklich, so glaubte sie, und zugleich bangte ihr vor dem, was dem kleinen Bruder später widerfahren würde. Sie hatte geglaubt, er würde sie zurücklassen, er würde mit dieser Frau davongehen, doch nein, er war bei der Ankunft in Frankreich wieder zu ihnen gekommen.

Sie weiß nicht, wieviel Zeit nach der Abreise des weißen Mädchens verging, bis er den Befehl seines Vaters ausführte und die verordnete Ehe mit jenem Mädchen schloß, das von den Familien seit zehn Jahren dazu ausersehen war, auch sie mit Gold, mit Diamanten und Jade behängt. Eine Chinesin, auch sie aus dem Norden stammend, aus der Stadt Fou-Chouen, erschienen in Begleitung der Familie.

Lange wohl konnte er nicht mit ihr zusammenkommen, ihr den Erben für das Vermögen schenken. Die Erinnerung an die kleine Weiße muß gegenwärtig gewesen sein, gegenwärtig der Körper, ausgestreckt, über das Bett hin. Sie muß wohl lange die Gebieterin über sein Begehren geblieben sein, seine einzige Beziehung zum Gefühl, zur unendlichen Zärtlichkeit, zur dunklen und schrecklichen Abgründigkeit des Fleisches. Dann kam der Tag, wo es möglich wurde. Der Tag nämlich, wo das Verlangen nach der kleinen Weißen so groß, dermaßen unerträglich wurde, daß ihr Bild wie in einem großen starken Fieber vor ihm erstand und er in die andere Frau eindrang mit dem Verlangen nach ihr, dem weißen Kind. So hätte er sich also durch Lüge in dieser Frau wiedergefunden und durch Lüge gezeugt, was die Familien, der Himmel, die Ahnen des Nordens von ihm erwarteten, einen Stammhalter.

Vielleicht wußte sie um das weiße Mädchen. Sie hatte einheimische Bedienstete aus Sadec, die die Geschichte kannten und gewiß davon erzählt hatten. So wußte sie wohl auch um seinen Kummer. Sie beide mußten das gleiche Alter haben, sechzehn. Hatte sie in jener Nacht ihren Gatten weinen sehen? Und, wenn ja, hatte sie ihn getröstet? Konnte ein sechzehnjähriges Mädchen, eine chinesische Braut der dreißiger Jahre, für diese Art von ehebrecherischem Liebeskummer, dessen unangenehme Folgen sie zu tragen hatte, überhaupt Trostworte aufbringen, ohne gegen die Schicklichkeit zu verstoßen? Wer weiß? Doch vielleicht täuschte sie sich, vielleicht hatte sie mit ihm geweint, wortlos, den Rest der Nacht. Und die Liebe war nachher gekommen, nach den Tränen, danach.

Sie, das weiße Mädchen, hatte nie etwas von diesen Dingen erfahren.

Jahre nach dem Krieg, nach den Ehen, den Kindern, den Scheidungen, den Büchern, war er mit seiner Frau nach Paris gekommen. Er hatte sie angerufen. Ich bin's. Sie hatte ihn sofort an der Stimme erkannt. Er hatte gesagt: Ich wollte nur Ihre Stimme hören. Sie hatte gesagt: Ich bin's, guten Tag. Er war verschüchtert, hatte Angst wie früher. Seine Stimme zitterte plötzlich. Und mit diesem Zittern hatte sie plötzlich den chinesischen Akzent wiedergefunden. Er wußte, daß sie begonnen hatte, Bücher zu schreiben, er hatte es von ihrer Mutter erfahren, bei dem Wiedersehen in Saigon. Er wußte auch um den kleinen Bruder, er war traurig gewesen um ihretwillen. Dann wußte er nicht mehr, was er sagen sollte. Und dann sagte er es. Er sagte ihr, daß es wie früher sei, daß er sie immer noch liebe, daß er nie aufhören werde, sie zu lieben, daß er sie lieben werde bis zu seinem Tod.

*Februar – Mai 1984*
*Neauphle-le-Château – Paris*